U0653659

蔡澜 著

蔡澜
的
小世界，
大味道

上海交通大学出版社
SHANGHAI JIAO TONG UNIVERSITY PRESS

内容提要

本书收录了蔡澜近60篇文章，分"小世界"和"大味道"两部分。前半部分文章大多是蔡澜描述家乡的人与事，包括童年回忆、亲情温馨琐事、与倪匡、张小娴好友趣事等，读来有趣。后半部分则是蔡澜对家乡美食，包括海南鸡饭、蒸鲳鱼、炒粿条、潮州糜等美食和酒楼、餐馆，以及一些老字号的佳肴的品鉴。

蔡澜所有的故事，最好看的是人。他所有的回忆，最难忘的是家乡。那是他所生所长所爱的地方，乡关何处，梦里家山，不思量，自难忘。

Copyright ©2013 by World Scientific Publishing Co. Pte. Ltd All rights reserved. This book, or parts thereof, may not be reproduced in any form or by any means, electronic or mechanical, including photocopying, recording or any information storage and retrieval system now known or to be invented, without written permission from the Publisher.

Simplified Chinese edition arranged with World Scientific Publishing Co. Pte. Ltd, Singapore.

本书中文简体版专有出版权属上海交通大学出版社，版权所有，侵权必纠。

上海市版权局著作权合同登记号：图字09-2016-729

图书在版编目（CIP）数据

蔡澜的小世界，大味道 / 蔡澜著. — 上海：上海
交通大学出版社，2017
ISBN 978-7-313-16005-8

Ⅰ.①蔡… Ⅱ.①蔡… Ⅲ.①随笔-作品集-中国-
当代 Ⅳ.①I267.1

中国版本图书馆CIP数据核字（2016）第246727号

蔡澜的小世界，大味道

著　　者：蔡　澜
出版发行：上海交通大学出版社　　　　　　地　　址：上海市番禺路951号
邮政编码：200030　　　　　　　　　　　　电　　话：021-64071208
出 版 人：郑益慧
印　　制：昆山市亭林印刷责任有限公司　　经　　销：全国新华书店
开　　本：880 mm×1230 mm　1/32　　　印　　张：5.625
字　　数：108千字
版　　次：2017年1月第1版　　　　　　　　印　　次：2017年1月第1次印刷
书　　号：ISBN 978-7-313-16005-8/I
定　　价：35.00元

版权所有　侵权必究
告读者：如发现本书有印装质量问题请与印刷厂质量科联系
联系电话：0512-57751097

序

蔡　澜

《蔡澜在新加坡》出了大陆版，改名为《蔡澜的小世界，大味道》。我想，不管书名叫什么，内容总是不变的——我记忆里的新加坡。

别人都说我是香港作家，其实我在新加坡出生长大，成年后才到香港，南洋才是我的原乡。我不想夸大新加坡或者南洋（南洋，应该比新加坡更富有诗意吧？）对我的影响，但也无法抹去南洋子弟的印迹。

我现在年纪渐大，对于老南洋的印象——那些人和事，越发清晰了。所以，书里写的都是一些老人和旧事。很幸运，在我年轻的时候，遇到了这些有着"大味道"的妙人，譬如诗人蔡梦香、堂兄蔡树根、阿叔、酒舅等等，这些人和他们的故事都可以入《世说新语》的。

当然，写新加坡，少不了会写南洋的美食，但是我有我的标准，我必须说实话。我现在有了说真话的储备，老了，可以拿出来用。

也许，你看到的新加坡和我的不一样，没关系，你有你的，我有我的。不一样才有意思。

2016 年 10 月 11 日

笑看人生　温情常在

张文光

年轻时，常读蔡澜，一书在手，乐以忘忧。

快乐超越食经、游记、笑话和随笔的世界，源自文字感受的亲情与友爱，故事流露的温情与暖意。

他是一个爱说故事的人，故事源源不绝，说得娓娓动听，像他的电影，热闹有趣，没有包袱，无分真假，快乐就好。

故事就是他的人生，即使无奈与哀愁，仍能苦中作乐，偶尔放浪形骸，沉醉于钟情的天地，虽知老之将至，但仍笑看人生。

他所有的故事，最好看的是人。他所有的回忆，最难忘的是新加坡，那是他所生所长所爱的地方，乡关何处，梦里家山，不思量，自难忘。

蔡澜的文章，写于专栏，言简意赅，少有长篇，记忆中唯一的例外，是《吐金鱼的人》，借一个走江湖的卖艺人，说出华人的漂泊、艺人的辛酸、童年的爱梦和人生的唏嘘。

荤笑话老头、乌龟公阿寿、医生与妓女、菜贩与厨师、明星与临记、文人与酒友、妈妈桑与陪酒女，连同他的南洋家族，有时亮丽登场，有时平淡是福，有时玩物养志，有时退隐江湖，有时回眸岁月，有时享受人生，都是多彩多姿，不变的是人情，人情同于怀土，岂穷达而异心？

　　蔡澜的文章，没有载道，人在其中；风花雪月，人在江湖；奇情曲折，人如电影，淡入淡出，引人入胜，余音未尽，用流行的说法，见自己，见众生，见世情。

　　这些年来，他的故事，他的人情，结集越来越多。他的食经，他的游记，走遍华人世界。他的笑话，他的爱好，早为人所熟悉。

　　但我最喜欢的，仍是那南国少年，眺望远方的世界，美丽好奇的心，带着爱和盼望，走过岁月，永远年轻。

目　录

1

的 大味道

蔡澜全家福自左起：蔡澜、母亲洪芳娉、弟弟蔡萱、姐姐蔡亮、父亲蔡文玄、哥哥蔡丹

溪涧 的 小世界

　　从小就学会装肚子痛，不肯上学，躲在被窝里看《三国》和《水浒》，当年还没有金庸，否则一定假患癌症。

访问自己　关于身世

问：你真会应付我们这群记者。

答：（笑）这话怎么说？

问：我们来访问之前，你就先问我们要问什么题目。问吃的，你把写过的那篇访问自己关于吃的拿给我们；问到电影的，你也照办，把我们的口都塞住了。

答：（笑）不是故意的，只是常常遇到一些年轻的阿猫阿狗，编辑叫他们来访问，他们对我的事一无所知，不肯收集资料，问的都是我回答过几十次的。我不想重复，但他们又没得交差，只好用这个方法了。自己又可以赚回点稿费，何乐不为？（笑）但是我会向他们说，如果在我自问自答的内容中没有出现过的问题，我会很乐意回答的。

问：（抓住了痛脚）我今天要问的就是你没有写过的：关于你家里的事。

答：（面有难色）有些隐私，让我保留一下好不好？像关于夫妇之间的事，我都不想公开。

蔡澜与弟弟蔡萱合影

蔡澜父亲蔡文玄

问： 好。那么就谈谈你家人的，总可以吧？

答： 行。你问吧。

问： 你父亲是怎么样的一个人？

答： 我父亲叫蔡文玄，外号石门，因为他老家有一个很大的石门。他是一个诗人，笔名柳北岸。他从大陆来南洋谋生，常望乡，梦见北岸的柳树。

问： 你和令尊的关系好不好？

答： 好得不得了。我十几岁离家之后，就不断地和他通信，一礼拜总有一两封，几十年下来，信纸堆积如山。一年之中总来我们那里小住一两个月，或者我回去新加坡看他。

问： 你的一生，有没有受过他的影响？

答： 很大。在电影上，都是因为他而干上那一行。他起初在家乡是当老师的，后来受聘于邵仁枚、邵逸夫两兄弟，由大陆来新加坡发展电影事业，担任的是发行和宣传的工作。我对电影的爱好也是从小由环境培养出来的，那时家父也兼任电影院的经理。我们家住在一家叫南天戏院的三楼，一走出来就看到银幕，差不多每天都在看戏。我年轻做制片时不大提起是我父亲的关系，长大了才懂得承认干电影这行，完全是父亲的功劳。

问：写作方面呢？

答：小时候，父亲总从书局买一大堆书回来，由我们几个孩子去打开包裹，看看我们伸手选的是怎么样的书，我喜欢看翻译的，他就买了很多《格林童话》、《天方夜谭》到希腊神话等品种的书给我看。

问：令堂呢？

答：妈妈教书，来了南洋后当小学校长，做事意识很坚决，这一方面我很受她的影响。

问：兄弟姐妹呢？

答：我有一位大姐，叫蔡亮，因为生下来时哭声嘹亮，妈妈忙着教育其他儿童时，由她负担半个母亲的责任，指导我和我弟弟的功课，我一直很感激她。后来她也学了母亲，当了新加坡南洋女子中学的校长，那是一间名校，不容易考得进去的。她现在退休，活得快乐。

问：你是不是有一个哥哥和一个弟弟？

蔡澜兄弟姐妹四人合影左起：弟弟蔡萱、蔡澜、
哥哥蔡丹、姐姐蔡亮

蔡澜与姐姐蔡亮、弟弟蔡萱合影

答：唔，大哥叫蔡丹，小蔡亮一岁，因为出生的时候不足月，很
　　小，小得像一颗仙丹，所以叫蔡丹。后来给人家笑说拿了菜
　　单（蔡丹），提着菜篮（蔡澜）去买菜。丹兄是我很尊敬的
　　人，我们像朋友多过像兄弟。父亲退休后在邵氏的职位就传
　　给了他，丹兄前几年因糖尿病去世，我很伤心。

问：弟弟呢？

答：弟弟叫蔡萱，忘记问父亲是什么原因而取名了。他在新加坡
　　电视台当监制多年，最近才退休。

问：至于第三代呢？

答：姐姐两个儿子都是律师。哥哥一男一女，男的叫蔡宁，从小

蔡澜青年照

受家庭影响也要干和电影有关的事，长大后学计算机，住美国。以为自己和电影搭不上道，后来在计算机公司做事，派去做电影的特技，转到华纳，《蝙蝠侠》的计算机特技有份参加，还是和电影有关。女儿叫蔡芸，日本庆应大学毕业，做了家庭主妇。弟弟也一男一女，男的叫蔡晔，因为弟妇是日本人，家父说取日和华为名最适宜，晔字念成叶，蔡叶蔡叶的也不好听，大家都笑说我父亲没有文化。女儿叫蔡珊，已出来社会做事。

问：为什么你们一家都是单名?

答：我父亲说发榜的时候，考得上很容易看出，中间一格是空的嘛。当然，考不上，也很容易看出。

问：你已经写了很多篇访问自己，是不是有一天集成书，当成你的自传?

答：自传多数是骗人的，只记自己想记的威风史。坏的，失败的多数不提，从来没有过自传那么虚伪的文章。我的访问自己更不忠实，还自问自答，连问题也变成一种方便。回答的当然是笑话居多。人总有些理想，做不到的事想象自

父亲蔡文玄与母亲洪芳娉

蔡丹与儿子蔡宁

蔡丹全家福

蔡澜与弟弟蔡萱合影

己已经做到，久而久之，假的事好像在现实生活中发生过。但是我答应你，在这一篇关于家世的访问，尽量逼真，信不信由你。

蔡亮全家福

名字的故事

我们家，有个名字的故事。

哥哥蔡丹，叫起来好像菜单，菜单。家父为他取这个名字，主要是他出生的时候不足月，小得不像话，所以命名为"丹"。蔡丹现在个子肥满，怎么样都想象不出当年小得像颗仙丹。

姐姐蔡亮，念起来是最不怪的一个。她一生下大哭大叫，声音响亮，才取了这个名。出生之前，家父与家母互约，男的姓蔡，女的随母姓洪，童年叫洪亮，倒是一个音意皆佳的姓名。

弟弟蔡萱，也不会给人家取笑，但是他个子瘦小，又是幼子，大家都叫他做"小菜"，变成了虾米花生。

我的不用讲，当然是菜篮一个啦。

好朋友给我们串了个小调，词曰："老蔡一大早，拿了菜单，提了菜篮，到菜市场去买小菜！"

姓蔡的人，真不好受。

长大后，各有各的事业，丹兄在一家机构中搞电影发行工作，我只懂得制作方面，有许多难题都可以向他请教，真方便。

全家福　前排左起：母亲洪芳娉、父亲蔡文玄
　　　　后排左起：黄兆贞（长媳）、蔡丹（长子）、
　　　　蔡澜（次子）、蔡亮（长女）、蔡萱（幼子）

亮姐在新加坡的最大的一间女子中学当校长，教育三千个少女，我恨不得回到学生时代，天天可以往她的学校跑。

阿萱在电视台当高级导播，我们三兄弟可以组成制作、导播和发行的铁三角，但至今还没有缘分。

为什么要取单名？

家父的解释是古人多为单名。他爱好文艺和古籍，故不依家谱之"树"字辈，各为我们安上一个字，又称，发榜时一看中间空的那个名字，就知道自己考中了。当然，不及格也马上晓得。

我的澜字是后来取的，生在南洋，又无特征，就叫南。但发现与在大陆的长辈同音，祖母说要改，我就没有了名。友人见到我管叫"哈啰！"变成了以"啰"为名。

蔡萱娶了个日本太太，儿子叫"晔"，二族结晶之意，此字读叶，糟了，第二代，还是有一个被取笑的对象：菜叶。

《柳北岸诗选》回老家

厅中摆一叠书，叫《新加坡已故作家作品集》，其中有一册是家父的《柳北岸诗选》。原名蔡文玄的爸爸，笔名很多，有蔡石门、苏莱曼、覃芷等。柳北岸，取自来了南洋，还望乡北部大陆之情。看书中的作者生平，有些事，家父告诉过我，也许忘记，或者他没有说过，倒向别人提及，他年轻时曾当过兵我是知道的，但没说参加了北伐军。在二十三岁时来新加坡找他的哥哥。经过一年去马来西亚。二十四岁，就当了柔佛州的一间小学的校长。一九三二年，他回大陆，在上海从事文化工作，主编《正报》文艺副刊"活地"。三十二岁那年，受邵仁枚和邵逸夫聘请，来新加

蔡澜父亲蔡文玄

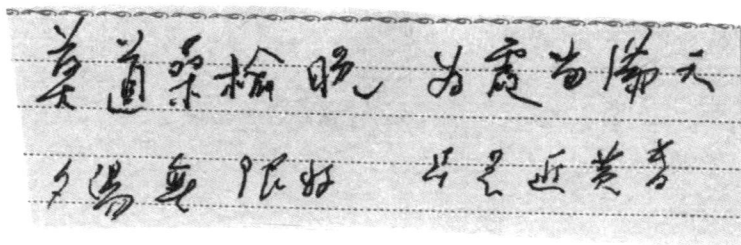

蔡澜父亲蔡文玄晚年手迹——柳北岸

坡参加了他们的邵氏兄弟公司，一做就做了数十年。之间，他为了公事和私事而四处旅游，跑遍了世界的名城小镇。一有触发便记下来成为诗篇。写景、怀古、写意，旅游诗成为他的特色。家父写作很早，在读南开大学时已经开始，但是出书却是友人鼓励下才做的事，第一本诗集《十二城之旅》出版于六十岁，不过愈出愈勤，出国回来一本又一本，包括了《梦土》、《旅心》、《雪泥》、《鞋底下的泥沙》，等等。最后一本，与旅游无关，是一册写人生的长诗，叫《无色的虹》。这一系列的丛书还包括了苗秀、姚紫、赵戎、李淮琳的小说和李影的散文。苗秀是我中学的英文老师，姚紫醉后常来我们家胡扯，印象犹新。作家和诗人，是很奇怪的物，一天有读者，一天活，出版社为什么把他们分成"已故"，实在是件好笑的事。

昨夜梦魂中

为什么记忆中的事，没做梦时那么清清楚楚？昨晚见到故园，花草树木，一棵棵重现在眼前。

爸爸跟着邵氏兄弟，由大陆来到南洋，任中文片发行经理和负责宣传。不像其他同事，他身为文人，不屑利用职权赚外快，靠薪水，两袖清风。

妈妈虽是小学校长，但商业脑筋灵活，投资马来西亚的橡胶园，赚了一笔，我们才能由大世界游乐场后园的公司宿舍搬出去。

新居用叻币四万块买的，双亲看中了那个大花园和两层楼的旧宅，又因为父亲好友许统道先生住在后巷四条石，购下这座老房子。

地址是人称六条石的实笼岗路中的一条小道，叫 Lowland Road，没有中文名字，父亲叫为罗兰路，门牌四十七号。

打开铁门，车子驾至门口有一段路，花园种满果树，入口处的那棵红毛丹尤其茂盛，也有芒果。父亲后来研究园艺，接枝种了矮种的芭乐，由泰国移植，果实巨大少核，印象最深。

屋子的一旁种竹，父亲常以一用旧了的玻璃桌面，压在笋上，看它变种生得又圆又肥。

园中有个羽毛球场，挂着张残破的网，是我们几个小孩子至爱的运动，要不是从小喜欢看书，长大了成为运动健将也不出奇。

Lowland Road 47 号（现貌）

屋子虽分两层，但下层很矮，父亲说这是犹太人的设计，不知从何考证。阳光直透，下起雨来，就要帮忙奶妈到处闩窗，她算过，计有六十多扇。

下层当是浮脚楼，摒除瘴气，也只是客厅和饭厅厨房所在。二楼才是我们的卧室，楼梯口摆着一只巨大的纸老虎，是父亲同事，专攻美术设计的友人所赠。他用铁线做一个架，铺了旧报纸，上漆，再画为老虎，像真的一样。家里养了一只松毛犬，冲上去在肚子咬了一口，发现全是纸屑，才作罢。

厨房很大，母亲和奶妈一直不停地做菜，我要学习，总被赶出来。只见里面有一个石磨，手摇的。把米浸过夜，放入孔中，磨出来的湿米粉就能做皮，包高丽菜、芥蓝和春笋做粉粿，下一点点的猪肉碎，蒸熟了，哥哥可以一连吃三十个。

到了星期天最热闹，统道叔带了一家大小来作客，一清早就把我们四个小孩叫醒，到花园中，在花瓣中采取露水，用一个小碗，双指在花上一弹，露水便落下，嘻嘻哈哈，也不觉辛苦。

大人来了，在客厅中用榄核烧的炭煮露水，沏上等铁观音，一面清谈诗词歌赋。我们几个小的打完球后玩蛇梯游戏，偶尔也拿出黑唱片，此时我已养成了对外国音乐的爱好，收集不少进行曲，一一播放。

从进行曲到华尔兹，最喜爱了。邻居有一小庙宇，到了一早就要听《丽的呼声》，而开场的就是《溜冰者的华尔兹》（*Skaters' Waltz*），一听就能道出其名。

在这里一跳，进入了思春期。父母亲出外旅行时，就大闹天宫，在家开舞会，我的工作一向是做饮料，一种叫 Fruit Punch 的果实酒。最容易做了，把橙和苹果切成薄片，加一罐杂果罐头，一枝红色的石榴汁糖浆，下大量的水和冰，最后倒一两瓶红酒进去，胡搅一通，即成。

妹妹哥哥各邀同学来参加，星期六晚，玩个通宵，音乐也由我当 DJ，已有三十三转的唱片了，各式快节奏的，森巴森巴，恰恰恰，一阵快舞之后转为缓慢的情歌，是拥抱对方的时候了。

鼓起勇气，请那位印度少女跳舞，那黝黑的皮肤被一套白色的舞衣包围着，手伸到她腰，一掌抱住，从来不知女子的腰可以那么细的。

想起儿时邂逅的一位流浪艺人的女儿，名叫云霞，在炎热的下午，抱我在她怀中睡觉，当时的音乐，放的是一首叫《当我们年轻的一天》，故特别喜欢此曲。

醒了，不愿梦断，强迫自己再睡。

这时已有固定女友，比我大三岁，也长得瘦长高挑，摸一摸她的胸部，平平无奇，为什么我的女友多是不发达的？除了那位叫云霞的山东女孩，丰满又坚挺。

等待父母亲在睡觉，我就从后花园的一个小门溜出去，晚晚玩到黎明才回来，以为神不知鬼不觉，但奶妈已把早餐弄好等我去吃。

已经到了出国的时候了，我在日本，父亲的来信说已把房子卖掉，在加东区购入一间新的。也没写原因，后来听妈妈说，是后巷三条石有一个公墓，父亲的好友一个个葬在那里，路经时悲从中来，每天上班如此，最后还是决定搬家。

"我不愿意搬。"在梦中大喊："那是我一生最美好的年代！"

醒来，枕头湿了。

往　生

　　除非在海外工作，绝对抽不出时间走开，不然的话每年总要回新加坡两回，为父母祝寿。

　　家父仙游，时为一月六日，出生日和忌期同一天，享年九十。

　　之后每年还是二回，一为拜祭父亲，一为庆祝家母生日。

　　妈妈也走了，我刚好和查先生及倪匡兄夫妇在墨尔本度假，接到电话即奔丧，不知不觉，已多年。

　　父母合葬于南安善堂，经家庭会议，决定拜祭也在同一天举行，这次返乡，就为了此事。

　　老家变卖掉了，弟弟有他的新居，姐姐和一大群子孙一块住。前一晚，我在富丽敦酒店（Fullerton）下榻，一向在这家酒店住开，还是那间 Loft 型的小套房，楼下客厅，爬上旋转楼梯，才到楼上卧室，环境十分熟悉，已当是自己的家了。

　　翌日一早，依惯例，家属一同到加冷巴刹（菜市场）买金银衣、香烛等拜祭品，当然没有忘记烧给爸爸的香烟。浇在地上的白兰地，妈妈最爱，用的是一百巴仙的原装货，而新衣，则是两包，父母各一。

在同一个善堂，为哥哥上一炷香。屈指一算，哥哥离开我们也有十三年了，再去找到爸爸亲哥哥的太太三嫂的灵位，另上一炷。她的儿子蔡树根是我们敬爱的堂兄，也在这里，加起来一共五位，打起麻将来疲倦了，可以轮流坐下，好不热闹。

我一向对这些摆置骨灰龛的场所没有什么好感，但南安善堂是一个很干净的地方，母亲又在这个集团开的小学做过校长，故印象较佳。另一个觉得亲切的，是善堂内所有的对联，

新加坡富丽敦酒店 Loft 型小套房

都用了丰子恺先生的墨宝集字而成，没有后人乱写的恶习，舒服得多。

自己往生后会不会也弄一个？我对那些并排挤在一起的地方不以为然，但这回也买了一个灵位陪陪父母。至于骨灰，我一向居住外地，就让我撒在世界各个国度的大海吧。

树根兄

我的大伯、二伯和四伯都是很长寿，只有三伯很年轻就得病去世。他只有一个儿子，我的堂兄蔡树根。

树根兄从小就过番，在星马干过许多行业，对机械工程特别熟悉，沿海的捕鱼小屋"居隆"，以前起网都要用手拉，树根兄替渔夫们安装摩打，省却人力。

已经多年没见过树根兄了，他的儿子都长大，各有事业。树根兄今年六十出头，还那么粗壮。三更半夜"居隆"的摩打有毛病，一个电话，他便出海修理，渔民都很尊敬他。

近年来，树根兄多读书，精通历史，而且有画展必到，在绘画上大下苦功，尤其是炭画，研究得很深刻，亲朋好友只要略加描述他们的先人，树根兄便能神似地将人像画出来。

那天他在家坐，手提数尾乌鱼当礼物，说是渔夫朋友孝敬他的。喝了茶后，树根兄和我父亲叙旧，讲的多是他小时对家乡的回忆。

我从来没见过我三伯，树根兄对他父亲印象也很模糊。家父记得最清楚的是三伯的手艺非常灵巧。

单说剪头发吧，三伯从不假手于人，他用脚趾夹着一面小镜子，自己动手。理后脑的头发时，右手抓剪刀，左手握另一面镜倒映到脚上的镜，剪得整整齐齐，一点也不含糊。

蔡澜堂兄蔡树根与孙女

有时家中没菜，他便装着在人家鱼塘里洗澡，三两下子，空手偷抓了一尾大鲤鱼，藏在怀里，不动声色地拿回家，被祖母笑骂一顿。

早年守寡的三婶是一个不苟言笑的人。记得我小时树根兄把她接到南洋，住在我们家里。她带了树根兄的大儿子绷着脸坐着。吃晚餐时大孙子白饭一碗碗入口，掉在桌面上的饭粒也拾起来珍惜地吞下，我看得心酸再添一碗给他。三婶看在眼里，才跟我问长问短。

树根兄和他母亲甚少交谈，反与家父亲近，他问道："我父亲到底长得像谁？"

爸爸回答："你年轻时我不觉得，现在看来，长的最像的是你。"

他告辞，爸爸送他到门口，临别时看到他眼角有滴泪珠。

阿　叔

　　小时，最大的乐趣是等待星期天。一早，爸爸妈妈姐姐哥哥和我，手抱着弟弟，一家六口穿了整齐干净的衣服，乘了的士，由我们住的大世界游乐场，直赴后港五条石阿叔的家。

　　阿叔姓许，我们没有叫他许叔叔，只因他比我们的亲戚还亲。

　　车子经一警察局、一花园兼运动场和一个巴刹，向左转进条碎石路，再过几间平房，就是阿叔的花园。我们按铃，恶犬汪汪，阿叔的几个儿子开门迎接。

　　花园占地一万多平方英尺，屋子是它的十分之四，典型的南洋浮脚楼，最前端是个没有顶的阳台，摆着石桌凳子。

　　笑盈盈的阿叔，有略微肥矮的身材，永不穿外衣，只是一件三个珍珠纽扣的圆领薄汗衫和一条丝制的白色唐裤，围黑皮附着钱包的腰带。头发比陆军装还要长一点，一张很有福相的圆脸，留了一笔小髭，很慈祥地说："来，先喝杯茶。"

　　由阳台进主宅的门楣上，挂着一副横匾，写了几个毛笔字，签名并盖印。

第一次到阿叔家时拉爸爸的袖子，问道："写些什么？"

爸爸回答："这是周作人先生写给阿叔的，是他的这个家的名字。"

"家也有名字吗？周作人是谁？"我还是不明白。

"你以后多看书，就知他是谁了。"爸爸很有耐性地说："也许，有一天，你会学他写东西也说不定。"

"但是，"我不罢休："为什么这个周作人要写字给阿叔？"

"阿叔是一个做生意的商人，但是很喜欢看书，而且专门收集五四运动以后的书……"

"五四运动？"我问。

爸爸不管我，继续说："中国文人多数没有钱。阿叔时常寄钱给他们，为了要感谢阿叔，就写些字来相送。"

"文人很穷，为什么要学他们写东西？我更糊涂了。"

一年复一年，到花园嬉玩的时候渐少，学姐姐躲在书房里，谈冰心、张天翼和赵树理。

病中，捧着《西游记》、

阿叔（原名许绍南）

《三国》和《水浒》，书籍真的有一种香味。

打从心中喜欢的还是翻译的《伊索寓言》、《希腊神话集》等，继之是狄更斯的《大卫·科波菲尔》、雨果的《悲惨世界》，接着是俄国的《卡拉马佐夫兄弟》、《战争与和平》，最后连几大册的《约翰·克利斯朵夫》也生吞活剥。

阿叔的书架横木上贴着一行小字，"此书概不出借"，但是对我们姐弟，从来没摇过头。我们也自觉，尽量在第二个礼拜奉还，要是隔两个星期还没看完，便装病不敢到阿叔家里去。

转眼就要出国，准备琐碎东西忙得昏头昏脑，忘记向阿叔话别就乘船上路。

爸爸的家书中，我连流眼泪的时间也没有，心中有个问题："阿叔的那些书呢？"

所藏的几万册都是原装第一版本书籍，加上北京、清华等大学的学报、刊物和各类杂志。五四运动以后出版的，应有尽有，而且还有许多是作家亲自签名赠送的。二十世纪三十年代，在上海出版的三种漫画月刊，也都收集。有些资料，我相信两岸未必那么齐全。

阿叔在南洋代理手搳花三星白兰地、阿华田、白兰氏鸡精等洋货，他的店铺并没有什么装修，一个门面，楼上是仓库。

在一旁，他有一间小小的办公室，里面除了一个算盘之外，便是一副功夫茶具。薄利多销是他的原则。也许是因为染上文人的气质，他的经营方法已是落后，晚年代理权都落到较他更会谋利的商人手里。

　　病榻中，阿叔看着他那几个见到印刷品就掉头走的儿女，非常不放心地向爸爸提出和我同样的问题："那些书呢？"

　　爸爸回答："捐给大学生的图书馆吧！"

　　阿叔点点头，含笑而逝。

酒　舅

　　母亲好酒，一瓶白兰地，三天喝完，算是客气。七十多岁人了，还是无酒不欢。亲戚友人嘴里虽劝说别喝过量，但是见她身体强壮，晨运时健步如飞，令到半滴不入喉的人，反而觉得自己是否有毛病。

　　人上了年纪，生活方式不太有变化。周末，爸爸和妈妈多是到十八溪前的丰大行去找一群老朋友聊天。爸爸有他吟诗作对的同伴，陪着妈妈的是一位我们的远方亲戚，他也好杯中物。慢慢喝，他们两人一天三瓶不是问题。这亲戚比妈年纪小，我们就管他做"酒舅"。

　　酒舅身材矮小，门牙之间有条缝，身体结实得像一块石头，再加上头顶光秃到只剩几根稀发，更像一块石头。他的笑话，讲个没完没了，讲完先自己笑得由椅子掉下来。《射雕》里的老顽童找他来演，不用化妆。

　　出生于富家的酒舅，从小就学习武艺，个性好胜，到处找人打架。他又喜欢美食，更逢饮必醉，经常酒后闹得不可收拾，干脆和恶友不回家睡觉，吵至天明。

邻居第二天找上门来，他父亲虽然恨透，但还维护着他，劈头问邻居道："你儿子昨晚把我的儿子引到什么地方去？"

问罪之人，反而哑口无言。

他父亲是个读书人，生了这么一个不肯做功课的儿子，拿他一点办法也没有，差点气出病来，但是酒舅不管三七二十一，照样研究炒什么菜下酒，不瞅不睬。与其他个性善良纯厚的兄弟比较起来，酒舅是一个标准的恶少，村里的人，没有一个对他有好感。

父亲（蔡文玄）与酒舅

唯一的好处，是酒舅好打不平，经常帮助人家解决疑难问题。遇到有什么纷争，他便站出来做和事佬。

他当公亲，多由自己掏腰包出来请客，图个见义勇为的美名。名堂虽佳，却要向两方讨好。

一次甲乙双方争于某事，几乎弄到纠众械斗，向双方恶少说："你们有胆，先把我杀死再说！"

恶少们知道酒舅曾经学武，能点穴，和人相打时，只用力踩对方的脚盘，那人便倒地不起。

结果，大家都买酒舅的账，一场大斗，便不了了之。

酒舅，从小不靠家产，自己出来闯天下，由一个月薪两块钱的小子，渐渐爬到成为一间树胶机构的经理。在那小镇上，酒舅算是一个大绅士。

晚年，他父亲不跟其他儿女住，而钟意和酒舅在一块，因为他谈吐幽默，又烧得一手好菜的缘故。

而这个儿子，和其他人想象不同，到底个性忠直，一直对父亲很亲近。渐渐地，他也得到了他父亲的熏陶，学了读历史的好习惯，对文学也越来越有修养。酒舅每天陪着他父亲读书写字，练出一手柔美的书法，这一点，村子的人做梦都没有想到。

去年，酒舅去中国旅行，在内地参加了一个旅游团，团体有广东省杂志的记者和来自澳洲的撰稿人及摄影师。

起初，大家认为酒舅是个南洋生番（喻指凶残野蛮的人），样子又老土，都不大看得起他。

一坐下来吃饭时，酒舅看到什么地方的人就用什么方言相谈。

"你会说几种话？"广东记者听了好奇地问。

"会说一点广东话、客家话、福建话，还有潮州话……"

酒舅轻描淡写地用标准的普通话回答说："不过，这些只是方言。"

澳洲人前来搭讪，酒舅的英语更像机关枪。当然，他还没有机会表演他的马来语和印度话。

每到一处古迹，酒舅更如数家珍。

他父亲的教导，并没有白费，比当地的导游更胜一筹，令得众人惊讶不已，事事物物都要向酒舅探询。

过后，广东画报有两三页的图文报道，称酒舅为罕见的南洋史学家及语言学家。酒舅读后，笑得从椅子上掉下来。

葛治存

在新加坡打台湾牌时，麻将脚有老友 Steven 谢，当年他和我一齐到过日本留学。弟弟和弟妇两人车轮战，一个疲倦了由另一个代替。弟妇虽是日本人，也能打中国麻将，速度慢点而已。

另一个搭子就是葛治存了，最初由画家友人介绍给我们，她刚由大陆被聘请到新加坡当篮球教练。一见此姝，大家都吓得一跳，她身高六英尺，但分布得均匀。

画家是个好麻将脚，不过身体有病，有次摸牌摸中了一筒，糊十三幺，他紧紧抓着牌不放，全身僵硬，就那么倒了下去。

叫救伤车来把他抬走，好彩无事。后来再打数次，故病重发，就不敢再和他战了，换上葛治存登场。

她在新加坡定居下来之后，因为喜欢运动，后来打高尔夫球，也得心应手，从业余打到变成职业，颇有名气，也开班教人打球。

当今她把这些心得写成一本书，由如何挑选用球棒，以及穿什么衣服入场打球最为舒服，哪里的球场最好，连化什么妆等

等，都一一记载，是本高尔
夫球入门的最佳读物，尤其
是女性，非读不可。

许多人都可以将人生经
验写成书，但可读性不高，
那是因为作者的个性使然，
沉闷的，写什么也读不下。
葛治存的个性开朗，受了挫
折也不哼声，要知道一位来
自大陆的女子在外国，要打
出名堂来不易，她竟然一一
克服，也是拜赐于她那种随
遇而安的人生态度。

葛治存

一次在吉隆坡和倪匡兄演讲，巧遇葛治存，她平常比一般人
高出一个头，较倪匡兄，要高出三个来。倪匡兄仰首望她一眼，
向我说："要请保镖的话，不作第二人选。"

笑得葛治存花枝招展，但在打麻将时她也偶尔透出心声："那
么高，男人都有自卑感，不敢碰我。"

葛治存至今还是独身，喜欢高头大马的，快追吧。

树

是不是年纪愈大，愈容易感叹，总觉得失去的，是美好的。老了，就要不停地抱怨？

差不多所有的建筑物都是新的，还我小时候的新加坡吧！像在大声呼喊："还我青春万里红！"

几乎一切的食物，都没有从前的味道。那也难怪，经过饲养的鱼和肉，总没天然的那么好。生活水准的提高，也让节奏快了起来。慢工出细活一回事，一去不返。

因此沮丧吗？人总得活下去，不可沉湎在美好的过往。悲观并非我的个性，快乐的事、悦目的物，都要靠自己去寻找。

只要你观察一下，便会发觉不变的，就是树了。到了我这个阶段，才懂得欣赏树。树依然故我，看时代的变迁，笑人生的短暂。

没有一个地方像新加坡，在大城市之中央，可以看到那么多的树。只要走几步，我们就到达新加坡的植物园。在那里，一转弯便有一个热带雨林，尽是遮盖天日的百年、千年大树，马上学会自己是渺小的。

新加坡植物园

树看得多，开始叫出树名来。从机场到市中心的那条路上，种满了雨树，又叫伞树。粗干一长上去便分枝，散叶，像一把雨伞，让人遮阴，两旁都种，中间便是一条叶子的隧道。这种现象，在许多古老的城市中就能看到，上海的淮海路梧桐，就是一个例子。

再仔细地看，雨树会睡觉的，白天叶子张开，晚上收了起来，像人一样。

雨树中间夹的，就是棘杜鹃了。它最粗生，干上有尖刺。世界上除了南北极，都长得出，别名南美紫茉莉，又叫九重葛和三角梅，颜色有红、黄、白等，新加坡机场路上长的，都是紫色。

这种花不香，个别看样子也丑，但一多了，气派就显了出来，像紫色的瀑布，壮观到极点，愈看花鲜，人愈老。这一生，就是那么一回事。

流学生

我们家里挂着一幅很大的画,是刘海粟先生的《六牛图》。

"像我们一家。"爸爸常对我说:"你妈和我是那两头老的,生了你们四头小的,转过屁股不望人的那头是你,因为你从来不听管教。"

"你更像一匹野马,驯服不了的那一匹,宁愿死。"妈妈也常那么骂我。

"他的反抗,是不出声的。"哥哥加了一句。

"没有一间学校关得住他。"姐姐是校长,口中常挂着学校两个字。

我自认并不是什么反叛青年,但是不喜欢上学,倒是真的。并非我觉得学校有什么问题,是制度不好,老师不好。喜欢的学科,还是喜欢的。

对于学校的记忆,愉快的没有几件。最讨厌的是放假,和放完假又做不完的假期作业。

大楷小楷,为什么一定要逼我们写呢?每次都是到最后几天才画符，大楷还容易，大字小字最好写，画笔少嘛。但那上百页的小楷，就算给你写满一二三，也写得半死。每次都是担心交不出作业而做噩梦，值得吗？我常问自己：有一天，发生了兴趣，一定写得好，为什么学校非强迫我做不可？这种事，后来也证实我没错。

数学也是令我讨厌学校的一个很大的原因。乘数表有用，我一下子学会，但是几何代数，什么 sin 和 cos，学来干吗？我又不想当数学家，一点用处也没有。看到一把计算尺，就知道今后一定有一个机器，一按钮就知道答案，我死也不肯浪费这种时间。

好了，制度有它的一套来管制你：数学不及格，就不能升级。我也有自己一套来对抗，不升级就不升级，谁怕了你了？

我那么有把握，都是因为我妈妈也是校长，从前没有 ICAC（香港廉政公署），学校和学校之间都有人情讲，我妈认识我读的学校的校长，请一顿饭，升了一年。到第二年，校长说不能再帮忙了，妈妈就让我转到另一家她认识的校长的学校去。校长认识校长，是当然的事。

所以我在一个地方读书，都是留学。不，不是留学，而是流学，一间学校流到另一间学校去，屈指一算，我流过的学校的确不少。

除了流学，我还喜欢旷课，从小就学会装肚子痛，不肯上学，躲在被窝里看《三国》和《水浒》，当年还没有金庸，否则一定假患癌症。

装病的代价是吃药，一病了妈就拉我去同济医院后面的"杏生堂"把脉抓药，一大碗一大碗又黑又苦的液体吞进肚里。还好是中药，没什么副作用。

长大了，连病也不肯假了，干脆逃学去看电影，一看数场，把城市中放映的戏都看干净为止。爸又是干电影的，我常冒认他的签名开戏票，要看哪一家都行。

校服又是我最讨厌的一种服装。我们已长得那么高大，还要穿短裤上学，上衣有五个铜扣，洗完了穿上一颗颗换，麻烦到极点，又有一个三角形的徽章，每次都被它的尖角刺痛，还不早点流学？

那么讨厌学校的人，竟然去读两间学校。

早上我上中文学校，下午上英语学校，那是我爱看西片，字幕满足不了我，自愿去读英文。但英语学校的美术课老师很差，中文学校的刘抗先生画的粉彩画让我着迷，一有时间就跑到他的画室去学，结果我替一位叫王蕊的同学画的那幅粉彩给学校拿去挂在大堂的墙壁上，数十年后再去找，已看不到；幸好我替弟弟画的那张还在，如今挂在他房间里。

体育更是逼我流学的另一原因，体育课不及格也没得升级。我最不爱做运动，身高关系，篮球是打得好的，但我也拒绝参加学校的篮球队，和那班四肢发达、没头没脑的家伙在一块，迟早变猪猡。

当年还不知道女人因为荷尔蒙失调，会变成那么古怪的一个人。那个老处女的数学老师，是整个学校最犯人憎恶的。

无端端地留堂，事事针对我。我照样不出声，但一脸的瞧不起你又怎么样，使她受不了。

我们一群被她欺负得忍受不住的同学，团结起来，说一定要想办法对付她。

生物课是我们的专长，我们画的细胞分析图光暗分明，又有立体感，都是贴堂作品，老师喜欢我们，解剖动物做标本的工作，当然交给我们去做。

那天刚好有个同学家的狗患病死去，就拿来做标本，用刀把它开膛，先取出内脏。

再跑去学校食堂，借了厨房炒乌冬一样粗的黄油面，下大量番茄酱，一大包拿回生理课课堂，用个塑胶袋铺在狗体中，再把样子血淋淋的炒面塞进去。

把狗拖到走廊，我们蹲了下来，等老处女走过挖那些像肠子的面来生吞活剥，一口一口吃进肚子，口边沾满红色，瞪着眼睛直望那老处女，像在说下个轮到你。

老处女吓破了胆，从此不见她上课，直到另外一个老处女来代替她为止。

烟

　　父亲嗜烟，没有停过。健谈，反应极快，和我走在一起像兄弟，可见得"吸烟危害健康"这句话，对某些人来说是不适合用的。

　　在他的遗传下，除了姐姐，我们兄弟三人都像烟囱一样烟喷个不停。

　　妈妈也抽烟，但几年前气管有点毛病，医生说不如把它戒了吧！

　　妈问道："那喝酒呢？"

　　医生点点头。妈一高兴，真的下决心戒掉，说："走了大娘，至少还有个小老婆！"

　　父亲抽的是维珍尼亚的英国烟叶系统，我很不习惯它的味道，只喜欢土耳其系统的美国烟。在外国念书的时候我也常抽一种叫"金盒"的德国货，用的是土耳其和埃及烟叶，烟本身不厉害，但发出强烈的味道，喜欢的人说很香，讨厌者认为比榴梿还臭。这个系统的烟有个特征，都是压得扁扁的椭圆形。

后来这种烟越来越难买，我的烟瘾也逐渐升级，要吸法国蓝色盒子的"吉旦"或"孤花"才满足。它们真是世界上最强烈的香烟之一，没有滤嘴。在烟的一头看到的烟叶呈黑，味道也来得个浓郁。

一天要抽两三包，给父亲知道了，骂个不停。又因为这些烟在普通烟档买不到，只有去专门的地方购入。

抽这种烟的人少，货存太久，烟油从纸上透出，看了恶心就放弃了，改吸美国的流行牌子。最近又因为常咳嗽而又降级抽所谓"特醇"的。其实真正说起来我什么烟都抽，就是不抽蚊烟。

酒

每次出国，返港后必购佳酿白兰地，储起让母亲来香港小住时喝。她老人家已七十四岁，平均三天一瓶，无酒不欢。但走起路来比许多年轻人都快。

在她的遗传下，我们兄弟和姐姐四人都能喝酒，喝起来也凶，从来没有看到他们醉过。

每次母亲一到，我把家里藏的同一个名厂白兰地的不知年Extra XO，和 VSOP 拿出来，倒入四个茶杯，让妈妈品尝。她当然一一分辨，丝毫不差。友人和我就不行，喝不出它们的等级。我发觉我是一个不会喝酒的人。

通常，在只有 XO 和 VSOP 两种的差别下，还能辨别出比较顺口和不呛喉的是 XO，辛辣点的是 VSOP，不过开始有了醉意，就不管三七二十一了。所以我虽反对在 XO 里加冰、加水、加苏打；却认为 VSOP 的话就无所谓。

其实有 VSOP 来喝已经很不错，记得小时看母亲只喝斧头牌，后来有三颗星者就很高兴了。

在巴黎，法国朋友喝来喝去最多也不过是 VSOP，偶然出现一瓶 XO，即刻当宝贝来品尝，我试过拿两种酒弄乱了给他们喝，结果他们也是分别不出。

日本人更不会喝白兰地，他们自己出产了一种三得利（Suntory）的，难喝到极点。一看到法国产，无论什么牌子，都大叫："噢，华盛顿！"

有一次喝完了瓶拿破仑，把三得利倒在里面请客，他们都赞叹："到底是不同！"

外国住久，习惯喝威士忌。初到中国香港，人人共饮白兰地，我一闻到那个味道就怕，一滴也不能入口，告诉自己说要是有一天也习惯喝白兰地的话，那就变成香港人了。现在，白兰地当然也喝，威士忌也照饮。白酒、红酒、伏特加、特奇拉、茅台、白干和双蒸，什么都喜欢。不喝的酒，只是火酒。

摘　花

回家，一大早散步到附近的屋菜市场，为母亲买一个粽子当早餐。家母的生活习惯也甚奇特，早上爱吃米饭多过食粥。

"粽子的糯米那么难消化！不可多吃，不可多吃！"看到的朋友多数那么劝我，像见了极严重的犯罪行为。我总是笑嘻嘻地不理别人管闲事，已经九十岁的老人家，喜欢什么就应该吃什么。见家母一口口地细嚼，是莫大的享受。再送几口白兰地，味道更佳。每次与老人家见面，发现身体越来越健康，皮肤光亮，是长期吃燕窝的关系吧。弟弟一家人照顾家母，但各有工作事忙，现在吃燕窝全靠我的谊兄黄汉民处理，每次炖了，早一天放入雪柜，翌日由佣人温热，清早六点钟就进食，多年不变。每天，弟弟带佣人一起，让家母坐上轮椅，推到屋前的加东公园，将轮椅停在一边，扶家母起身散步。我回家时就参加此项活动，见家母走得一点也不喘气，老怀欢慰，不时问道："累吗？累吗？""不累，不累。"家母回答，中气很足。在公园做运动的人也不少，有一团学太极剑，还有些打外丹功。路过的有洋人、马来人和印度人，都互相用英语打招呼，来一声"骨特摸灵"（Good Morning）。家佣外劳没什么教养，不瞅不睬，拉主人的小狗，坐在长椅上，跷起二郎腿。也不能责怪他们，懂礼貌的话，就不必老远地跑到海外打工了。公园种的一排排叫"水梅"的丛树，开白色小花，五元钱硬币般大，已开得多了，发出浓郁的香味诱人。虽然会被罚款，但也不理三七二十一，摘下一撮，放在母亲怀，继续推轮椅回家。

为《蔡萱的缘》作序

　　弟弟蔡萱在新加坡《联合早报》副刊的专栏，将结集成书，由天地出版社出版，我这个做哥哥的，怎么也得把写序的工作抢过来做。

　　想起来像昨天的事，妈妈生下大姐蔡亮、大哥蔡丹和我，之后就一直想要一个女的，所以小时常让蔡萱穿女孩子衣服，好在他长大后没有同性恋倾向。

　　记得最清楚的是蔡萱小时消化系统有点毛病，像一只动物，本能地找些硬东西吞入肠胃来磨食物，所以常坐在泥地上找碎石来吃。

　　长大一点，懂得到米缸旁边，左挑右选找到未剥谷的米粒就吞进肚子。硬东西愈吃愈疯狂，有一天把一个硬币，像当今港币的五毫铜板那么大，也一口吞掉。母亲一看大惊失色，即刻把他抓去看医生，西医开了泻药，超过四十八小时才排出来，用筷子挟起，拼命冲水，洗得干干净净做个纪念。我们做姐姐哥哥的也好奇一看，银币变成了黑色，可能是受了胃酸腐蚀之故。

南洋人有用抱枕的习惯，蔡萱小时已懂得把绑住封套的布结撕成羽毛状，轻轻地扫着自己的鼻子能容易入眠，这也许是另一种方式的"安全被单"吧？

在还没有学会走路之前，蔡萱由我们三人轮流抱着，最疼他的是我们的奶妈廖蜜女士，她从大陆跟我们一家到南洋，四个孩子都在她的照顾下长大。当年我们家住在一个游乐场中，叫"大世界"，模仿着上海的娱乐场，有戏院、舞台、商店和舞厅，夜夜笙歌，是当地人夜游之地。晚饭过后，奶妈就抱弟弟到游乐场中走一圈，看着红红绿绿的灯，他疲倦睡去，带回家休息到半夜，忽然醒来，用手指着游乐场，咿咿哎哎，非去不可，但是已经打烊了，怎么解释，他当然听不懂，继续咿哎。闹得没办法，只好再抱出门，他看到一片黑暗，才肯罢休。家父笑说这个不甘寂寞的孩子，长大了适合做娱乐事业。

念书时，蔡萱最乖，不像我那样整天和野孩子们嬉戏。他一有空，就看书，最初不懂运用文字，说一个瓜从山上骨碌骨碌掉下来，爸爸说那叫滚瓜烂熟。从此他对成语很感兴趣，经常背诵，出口成章，都是四个字的。

小学四五年级，蔡萱已学会写作了，我们那辈子的孩子都是看金庸先生的武侠小说长大，但从来没有想到自己去写。蔡萱不同，用了一本很薄的账簿，将小说写在页后空白之处，写完了一本又一本，洋洋数十万字，把我们全家人都吓倒；不知道那些杰作有没有留下，现在看起来，一定很有趣。

姐姐常说蔡萱是一个读书读得最长久的人：幼稚园两年，小学六年，中学六年，大学四年，毕业后又去日本念电视专业三年，加加起来，一共念了二十一年的书。

家父随着邵氏兄弟由大陆到南洋，任职宣传及电影发行数十年，退休后工作由大哥蔡丹接任，也做了几十年。我自己一出道就替邵氏打工，也已够了吧？一家人之中有一个不干电影的也好，但最后也给爸爸言中，蔡萱加入了电视行业，也算是娱乐工作了。

新加坡电视台最初制作的节目，多数是请港人过去担任，他们把中国香港那一套搬过去，全拍些港式连续剧。弟弟刚入行，被认为本地姜不辣，没有进取的机会，后来他写了新加坡人生活的剧本，大受欢迎，带本地色彩的连续剧拍完了一集又一集，站稳了他当监制的地位。

可能是母亲的遗传，我们四名做子女的，都能喝酒，蔡萱尤其喜欢喝酒，几乎天天喝。没有一个大肚腩，是拜赐了一套内丹功，他每天练，身体保养得很好，一点也不胖。

在留学时认识了一个日本女子，就和她结婚了，可见对爱情很专一，生下一子蔡晔，一女蔡珊。

和他太太两个，都是爱猫之人，最初买了两只波斯猫，一公一母，以为会生小猫来卖钱，但是那只雄的不喜欢交配，雌的只有红杏出墙；后来家里养的那三十只，都是混得不清不楚的，但他们两人照样爱护不已。

闲时，弟弟爱打打小麻将，他是台湾牌的爱好者，与我一样。我一年回去一两次，就和他及几位老朋友搓个不亦乐乎，看谁赢了，就请大家到附近的面档吃吃消夜，喝喝啤酒。在新加坡，日子过得快。

蔡晔和蔡珊都已结婚，蔡珊还生了一个儿子，蔡萱做了公公，电视的舞台也闭幕，过优哉游哉的日子，无聊了重新拿起笔来写散文，所见所闻所思，可读性极高。

大姐大哥有他们家庭要打理，我又一直在海外生活。家父去世之后，妈妈的起居就一直由蔡萱照顾；她老人家已行动不便，但不做点运动是不行的。早上由蔡萱推着轮椅，到老家对面的加东公园散步，是蔡萱每天要做的事。

自认不孝，但好在有这位乖弟弟，才放心。

我一直衷心地感谢他，不知道怎么报答，为他出书时作这一小篇序，感情的债，还是还不清。

猫的士哥

姐姐蔡亮的第二个儿子结婚，星期六飞新加坡，礼拜天晚上出席宴会，星期一回来。

时间短促，不住富丽敦酒店了，就在老家过夜，顺便观赏猫儿，一乐也。

本来养了三十只的，因为弟弟蔡萱的女儿生完孩子要来家里坐月子，怕婴儿对猫毛过敏，把猫都抓走，剩下六只漏网之"猫"，称六勇士。

后来陆陆续续的野猫来寄住，又补回数，变成原本的三十只。

这个状况维持了一段时间，蔡萱的太太患了乳癌，开刀之后疗养，又请人把猫儿再次抓个干净。

六勇士之中，出走的出走，老死的老死，只剩下"鬼鬼祟祟"，原来它行为鬼祟，但做猫做得小心翼翼，怎么抓都抓不到它。"阿花"永远是敏捷的，而且它的花毛变成隐身武器，能像《爱丽丝梦游记》那一只，忽然消失，然后又出现。

"笨蛋"也在，行动虽拙，但聪明到极点，令抓猫的人看不出它的本事，轻敌走近时，它即刻逃跑。

加起其他猫，当今一共有六十只吧？多数长得极美，百看不厌。

"又是哪里来的那么多野猫？"我问。

弟弟解释："对面那家人，做生意失败，政府来封屋，当然不会把猫儿带走，知道这里有得吃喝，就来了。"

"一个月要买多少钱猫粮？"

"合港币一千多块吧？除此之外还要买沙呢，"弟弟说："铺在猫厕所上，是特别制造的，一吸排泄物就会乾掉，结成一块。"

"会不会愈来愈多？"

弟弟说："猫也有自动管理系统，保持这个数目，不会增多，像的士哥门外的打手，只让漂亮猫儿每天来家里跳舞，好看得很。"

梦香老先生

　　家父友人中有一位蔡梦香先生。他是潮州人，在上海清政大学读书，后来寄居新加坡和槟城。

　　蔡先生是一位清癯如鹤、天真如婴儿的老人，很随和脱略，老少同欢。手头好像很阔绰，随身行装却很少，只有一个又旧又小的藤箱。一天，一个打扫房间的工人好奇地偷看他那藤箱中装的是什么东西，原来那三两件的衣服已拿去洗，里面空空洞洞，只有折叠着一张黄纸，写着"处士讳梦香公之墓"。

　　大家知道了这秘密不敢说出口，老人却敏感地占先声明："自己的身后事让自己做好，不是减少后人的麻烦吗？"

　　他更写了一首诗：

　　　　随处尽堪埋我骨，天涯终老亦何妨？

　　　　死生不出地球外，四海六洲皆故乡。

　　一生中，蔡先生从来不用床。疲倦了躺在醉翁椅上，像一只虾一样屈起来做梦。梦醒又写诗作对，写完即刻抛掉。什么纸都不论，连小学生的算学蓝色方格簿上也写。桌上一本书也没有，但是看他的诗、书法和画，可知他的功力极深。除了做梦，蔡先生还会吐纳气功，清醒的时间只有十分之二三。当他作画时，不知自己是书是画，是梦是醒：醒后入梦，而不知其梦。对于他，什么所谓画，怎么所谓醒，都不重要了。

有一天，一件突发的事破坏了他一贯的生活规律。那是他中了头奖马票。本来冷眼看他的人都来向他借钱。他说："想见面的朋友偏偏不来看我，因为马票已成友情的故障；而怕和我见面的却天天包围着我，这怎么办？"

还有怎么办？他畅意挥霍，过了一年半载，把钱花光了，然后心安理得，蜷曲醉翁椅昏昏入梦。

文人的生活到底不好过，他流浪寄居于各地会馆，终遭白眼。蔡先生八十三岁逝世，我一直无缘见他一面。今天读他的遗作，知道他在临终那几年已丧失了豪迈，他写道：

处处崎岖行不得，艰难万里度云山；
不如归去去何处，随遇而安难暂安。

这首诗与他当年"四海六洲皆故乡"的旷达心情是相差多远，不禁为他老人家流泪。

雨衣人

回到新加坡，惊闻志峰兄逝世了。他的英俊潇洒的形象，至今还是活生生。不过，志峰兄一生可说得上多姿多彩，不枉此生。

三十年前，他常到我们家来座谈，每次都带来一些想不到的礼物，印象深刻的是那回送给我们一只小黑熊，胸口有块白斑，像小孩一样顽皮，可爱之极。长大后，我们常和它打摔跤，后来力气越来越大，父母亲再也不放心，把它送给动物园，让我们伤心了好一阵子。

起初只知道志峰兄是个普通的印尼华侨，混熟了才知他极富有，又是大学生，对中国文学亦有研究，而且擅于写旧诗，真是失敬得很。

家父亦好此道，所以志峰兄一坐就是数小时，我们听不懂诗词的奥妙，只会玩他带来的礼物。现在想起来真后悔不亲听教诲。

有一回，他又拿了两尾彩色缤纷的鲤鱼相送，家父外出，他闲着无聊，就给我们兄弟讲《白秋练》的故事。

他口才好，形容得那条鱼精活生生地，不逊蒲松龄的口述，也启发了我们对《聊斋》的爱好。

当时，志峰兄二十多岁，尚未娶亲，他的朋友说他头脑有毛病，对婚姻有恐惧，死守独身主义。

志峰兄的理论是："女人嘛。缠上身后每天相对，总会看得厌的。"

他自己住在一座大洋房里，花了不少钱装修，但从来不让朋友上他的家。

友人不死心，一定要为这间屋子加上个女主人，纷纷介绍少女给他做老婆。

"想喝杯牛奶何必养一头牛？"志峰兄笑着说："一个人清清静静多好。"

直到有一天，志峰兄病了，他的好友见他几天不上班，不管三七二十一地带了医生冲进他的房，才看到整座屋子布置得像好色埃及法老的皇宫。

据他的老管家说：他主人一年三百六十五天，每晚都换新女朋友，有时还不止一个，五六人成群结队的。奇怪的是，第二天，她们走出来时，没有一个愁眉苦脸的，都是心满意足。

至于说志峰兄为什么不结婚，这并非他没有这个念头，只是他有双重性格，一方面放荡不羁，一方面却是个虔诚的天主教徒，认为结过一次婚后就不能再娶。

原来志峰兄十七岁的那年，他父亲在他们普宁的乡下为他娶了个大他几岁的老婆。这女人性欲极强，志峰兄虽然年轻力壮也吃不消她，产生了自卑感。

　　有一回，他父亲派他到外面去做生意，却又是生龙活虎，比其他的人了得。

　　回家后，他找了要再读书的借口，跑到油头，接着偷偷溜到印尼去投靠他的叔父。叔父开的是橡皮工厂，拥有许多树胶园，割树胶却是女工，皆于黎明出发收割，志峰兄当然也跟着去了。

　　她们却让他摆平，工作的效率日渐减低。当女工一个个大肚子去告密后，他叔父把志峰兄赶出树胶园。志峰兄到处流浪，做做杂役，给他半工半读地念完万隆大学，他精通印尼文和荷兰语，考试都是第一名，闲时上教堂，也念念不忘中国文学，吟诗作对。

　　受过树胶园教训之后，志峰兄虽然重施故技地应付女同学，但是已变成有原则，那便是永远要穿雨衣登场。

　　"衣服穿惯了，就是身体的一部分，雨衣也是一样的。"志峰兄说。

　　但是，他的朋友不知道他在胡扯些什么，只觉得这个虔诚的教徒很古怪。同学之中，有个是高官的儿子。

　　志峰兄搭上这关系做起生意来，不出数年给他赚个满盆满钵。

志峰兄一直进行他的秘密游戏，有一天，他忽然间停止了一切活动，自己写了立轴道：

　　　　白发满头归不得，
　　　　诗情酒兴意阑珊。

　　大家以为他是机关枪开得太多，但真正的原因，是他听到了发妻去世的消息。

卖猪肠粉的女人

家父早餐喜欢吃猪肠粉，没有馅的那种，加甜酱、油、老抽和芝麻。

年事渐高，生活变得简单，佣人为方便，每天只做烤面包、牛奶和阿华田，猪肠粉少吃。

我返家陪伴他老人家时，一早必到菜市场，光顾做得最好的那一档。哪一档最好？当然是客人最多的。

卖猪肠粉的太太，四五十岁人吧，面孔很熟，以为从前哪里见过，你遇到她也会有这种感觉。

已经有六七个家庭主妇在等，她慢条斯理地，打开蒸笼盖子，一条条地拿出来之后用把大剪刀剪断，淋上酱汁。我乘空档，向她说："要三条，打包，回头来拿。"

"哦。"她应了一声。

动作那么慢，轮到我那一份，至少要十五分钟吧。看看表，我走到其他档口看海鲜蔬菜。

今天的蚶子又肥又大，已很少人敢吃了，怕生肝病。有种像鲥鱼的"市壳"，骨多，但脂肪更多，非常鲜甜。魔鬼鱼也不少，想起在西班牙的依比莎岛上吃的比目鱼。当地人豪华奢侈地只吃它的裙子。魔鬼鱼，倒是全身裙边，腌以辣椒酱，再用香蕉叶包裹后烤之，一定好吃过比目鱼。

菜摊上看到香兰叶，这种植物，放在刚炊好的饭上，香喷喷地，米再粗糙，也觉可口。的士司机更喜欢将一扎香兰叶放在后座的架上，越枯香味越浓，比用化学品做的香精健康得多。

时间差不多了吧，打回头到猪肠粉摊。

"好了没有？"问那小贩。

她又"哦"的一声，根本不是什么答案，知道刚才下的订单，没被理会。

费事再问，只有耐心地重新轮候，现在又多了四五个客人，我排在最后。

好歹等到。

"要多少？"她无表情地问。

显然地，她把我说过的话当耳边风。

"三条，打包。"我重复。

付钱时说声谢谢，这句话对我来讲已成习惯，失去原意。

她向我点了点头。

回到家里，父亲一试，说好吃，我已心满意足。刚才所受的闷气，完全消除。

翌日买猪肠粉，已经不敢通街乱走，乖乖地排在那四五个家庭主妇的后面，才不会浪费时间。

还有一名就轮到我了。

"一块钱猪肠粉。等一下来拿。"身后有个十七八岁的姑娘喊着。

"哦。"卖猪肠粉的女人应了一声。

我知道那个女的说了等于没说，一定会像我上次那样重新等起，不禁微笑。

"要多少？"

我抬头看那卖猪肠粉的，这次她也带了笑容，好像明白我心中想些什么。

"三条，打包。"

做好了我又说声谢谢，拿回家去。

同样的过程发生了几次。

又轮到我。

这回卖猪肠粉的女人先开口了。

"我不是没有听到那个人话。"她解释："你知道啦，我们这种人记性不好，也试过搞错，人家要四条，我包了三条，让他们骂得好凶。"

我点点头，表示同情。收了我的钱，这次由她说了声谢谢。

再去过数次，开始交谈。

"买回去给太太吃的？"她问。

"给父亲吃。"

卖猪肠粉的女人听了添多了一条，我推让说多了老人家也吃不下，别浪费。不要紧，不要紧，她还是塞了过来。

　　"我们这种人都是没用的，他们说。但是我不相信自己没有用。"有一次，她向我投诉。

　　"别一直讲我们这种人好不好？"我抗议。

　　"难道你要我用弱智吗？这种人就是这种人嘛。"她一点自卑也没有："我出来卖东西靠自己，一条条做的，一条条卖。卖得越多，我觉得我的样子越不像我们这种人，你说是不是？"

　　我看她，眼睛中除了自信，还带着调皮。

　　"是。"我肯定。

　　"喂，我已经来过几次，怎么还没有做好？"身后的一个三十几岁的女人大声泼辣地："那个人比我后来，你怎么先卖给她？"

　　"卖给你！卖给你！卖给你！卖给你！……"

　　卖猪肠粉的女人抓着一条肠粉，大力地剪，剪个几十刀。不停地剪，不停地说卖给你，扮成一百巴仙（马来西亚人的口头语，百分之百不打折扣的意思）的白痴，把那个八婆吓得脸都发青，落荒而逃。

　　我再也忍不住地大笑，她也开朗地笑。从眼泪漫湿的视线中，她长得很美。

真　假

　　我们一群小孩围着父母，蹲在地上吃榴梿，父亲把他游历过的地方告诉我们，并提起看过一个榴梿，有面盆那么大。我们都给他惹得大笑，说："哪有这种事？"

　　长大后四处走，在曼谷果然看到一颗大如面盆的榴梿，才知道家父讲的都是真的，我们见识的实在太少。但是在没有亲眼见到以前，还是以为父亲在讲笑话。

　　"偶尔，谎言变成趣事，并没有不对的地方；有时，真实更是滑稽，总之大家开心就是。我说的是真是假，有一天你们看到了便知道。"父亲常说。

　　我的许多故事，也是这个原则。

　　单单说香蕉，就有数十种那么多。香蕉并不止于绿和黄色，深红浅紫的也有，在南洋一带能见到。

　　有一次在印尼的乡下，走了整个上午，没有吃早饭，肚子有点饿，往前一看，有一个土人蹲在地上，他面前摆着一条香蕉，有三英尺长。

用刀子把上面那层皮割出一半，露出白肉，他用汤匙挖起，送入口中。

我从来没有看过那么大的香蕉，马上照样买了一条来吃。

肉很香甜，不过"咯"的一声，咬到硬物，吐出来一看，是香蕉的种子，足足有胡椒粒一样大小。一面吃一面吐，吐到地上黑掉。

用它来做香蕉糕，三四个人也吃不完。

走过南美洲的香蕉园，看到树上一串的黄熟大蕉，本来没有什么奇怪，但仔细观察，就知道不同，因为所有的香蕉是向上翘的，其他地方的是往下垂。

印度的香蕉，只有大拇指一样大，是我吃过的最甜的一种。

剥皮时，不是由上往下撕，而是向外团团转着拉，像拆开雪糕筒的纸张，其皮极薄，似透明。

朋友听了又说："哪有这种事？"

我笑着不答。反正是真是假，有一天你们看到了便知道。

说完拍拍屁股走了。

海南师傅

小时候理发，不是跑到印度师傅那里去修，就是去给海南人剪。

中国理发铺子的招牌真怪，左边开了一家叫"知者来"。生意一好，右边马上跟着另一家，叫"就头看"。

一推门，哎的一声，生了锈的弹簧好像在骂你。客人真多，坐在有臭虫的硬板凳上等，哪里有什么八卦周刊？报纸都没有一张。

等、等、等，已经老半天了，风扇把剪细了的头发吹进鼻子，大声喷嚏，四五个剃头佬一齐转过头来睁大眼睛瞪着我，只好把头缩到脖子里去。

摇着脚，东张西望。见一枝枝的赤裸灯泡，原来是挖耳朵用的，理发匠用那几根毛已发黄的东西替客人掘宝藏。哇！当不会把耳朵挖出脓来？

轮到我了，那家伙把一块木板放在椅子的两个把手上，我乖乖地爬了上去。先用一块像挂图一样的白布包着你，往颈顶上一箍，差点没有把我弄到窒死。

再来是用大粉扑，噼噼啪啪地乱涂一顿，白粉纷飞，那个难嗅的味道，到现在还是忘不了。

跟着他拿了一枝发钳，吱吱喳喳地在我的后脑剪一圈，声音就像用金属物在玻璃上刮那么难听，牙肉都酸掉。剪得来一个快，夹住你的发根也不管，往上一拔，痛得眼泪掉下来。

不知不觉中，小毛发自动地钻到你的身上，刺到浑身又痛又痒，刚要摆脱它们，那剃头佬又大力地把你的头一按，比电影中的大胖子、露胸毛的刽子手还要凶。

好歹等他剪完，照镜子一看。哇，和哥伦比亚的三傻短片的那个"模亚"一样，一个西瓜头。

走出店铺，看到街边坐了一个人，理发匠为他就地正法。

想想，唉，自己算是付得起钱进铺子的人，心里好过一点。

警察来抓人，无牌剃头师走快，客人的头只理了一半，呱呱大叫。理发匠边跑边说："明天再来，不收你的钱！"

M & C

一直留着胡须，但家人都嚷着剃了剃了，我觉得无所谓，也就顺大家意思，走进 Michelle & Cindy。

这家理发厅位于邵氏中心五楼，因为哥哥在这机构服务多年，经常光顾之故，我也跟随着来，当店里的一群美容师为嫂嫂。

三十多年前由米雪和仙蒂二位女士创立，后来卖给这七个女人，大家同心合力把店经营好，至今也有二十七年光景了。

替我理发的一位叫珍妮，曾经一度离开过，她的亲戚请她到澳洲去养老，那边闷死人，住了一年，又跑回来。

岁月不饶人，七女士有些已做了祖母，但样子依然，有个结了马尾，还蹦蹦跳跳，从后面看，简直不知时光的流失。

Michelle & Cindy 没有中文名字，做的也是洋人的生意，那些派到海外来的，一经她们的手势，才知道理发可以那么舒服的，加上美容、修甲、按摩和刮光脸毛，挖耳朵等服务，洋客上了瘾，一来再来。

珍妮这回把我的胡须剃得一干二净，连嘴角最难接触的部分也修到了，事后一摸，好像一颗白焓鸡蛋，有点赤裸的感觉。

"二十七年了，不打架吗？"我打开话匣子："你们关系真的那么好？"

其中一位代为回答："像狗一样互相狂吼是有的，不动手罢了。"

真不容易，三个已难搞了，七个在一起，简直不能想象不发生摩擦，自己说像狗，但非母狗。

见周围铺位空的很多，问道："生意不受影响？"

"大厦重新装修，合约满的已搬出去，不知道我们能捱到什么时候了。你下次来，或者见不到我们。"

"来一次，享受一次吧。"我也有点惆怅。

地址：04 - 63, Shaw Centre, Scotts Road, Singapore

电话：+65 6737 6369

* 编者注：M&C 理发店现已停业。

理发店

回新加坡到律师楼办点手续，约会之前还有些时间，就跑去见一班理发店的朋友。

Michelle & Cindy，大家见到我都很高兴，我也难得来这享受享受。

洗个头，技师们用剃刀小心翼翼地把我的脸刮个干干净净，绝对一点须根也不留，接着是按摩，由头到脚，都是最舒服的穴位，一下子就把我弄得昏昏欲睡。

这种服务在世界上已经罕见，是种没落的行业，真希望它能发扬下去。

"有没有意思去香港开一家？"我问。

"我们这些老太婆，要拉完皮才够胆去。"

她们大笑，其实年龄也不算大。

"我是说真的。"我抗议。

"我们走了，这家店怎么办？"技师反问："就算这客人比从前少，也得撑下去。"

"先训练些新人来代替呀！"我说。

"哪有年轻人肯学？"

的确，我们说按按摩，很轻松，其实还是要花很多体力的，忙起来站整天，已非易事。

"要是你早个三十年来叫，我们就马上跟你走。"她们都笑了。

三十年？三十年前我哪会欣赏？当时我也和目前的青年一样，剪的只是个 Unisex 铺子的头，怎么知道天下竟有这种令人身心愉快的事？

"纽约的客人来过，就问我们要不要去纽约开一家，意大利的也一样，他们一生没尝过，一试就上瘾。"她们说："不过我们只是听了算数，从不当真。"

当然不肯再去开辟新天地了，她们一生已安安稳稳度过，在店里安装了一个电视，专看股票行情，闲时小小买几手，好不快活自在，还要那么辛苦离乡背井，干什么？

拾 忆

　　小时住的地方好大，有二万六千平方英尺。

　　记得很清楚，花园里有个羽毛球场，哥哥姐姐的朋友放学后总在那里练习，每个人都想成为"汤姆士杯"的得主。

　　屋子原来是个英籍犹太人住的，楼下很矮，二楼较高，但是一反旧屋的建筑传统，窗门特别多，到了晚上，一关就有一百多扇。

　　由大门进去，两旁种满了红毛丹，每年结实，树干给压得弯弯的，用根长竹竿剪刀切下，到处送给亲朋戚友。

　　起初搬进去的时候，还有棵榴梿树，听邻居说是"鲁古"的，果实硬化不能吃的意思，父亲便雇人把它砍了，我们摘下未成熟的小榴梿，当手榴弹扔。

　　房子一间又一间，像进入古堡，我们不断地寻找秘密隧道。打扫起来，是一大烦事。

　　粗壮的凤凰树干，是练靶的好工具，我买了一把德国军刀，直往树干飞，整成一个大洞，父亲放工回家后，被臭骂一顿。

最不喜欢做的，是星期天割草，当时的机器，为什么那么笨重？四把弯曲的刀，两旁装着轮子，怎么推也推不动。

父亲由朋友的家里移植了接枝的番荔枝、番石榴。矮小的树上结果，我们不必爬上去便能摘到，肉肥满，核子又少，甜得很。

长大一点，见姐姐哥哥在家里开派对，自己也约了几个女朋友参加，一揽她们的腰，为什么那么细？

由家到市中心，有六英里路，要经过大坟场，父亲的两个好朋友去世后都葬在那里，每天上下班都要看到他们一眼。伤心，便把房子卖掉了搬到别处。

几年前回去看过故屋，园已荒芜，屋子破旧，已没有小时感觉到那么大，听说地主要等地价好时建新楼出售。这次又到那里怀旧一番，已有八栋白屋子树立。忽然想起花生漫画的史努比，当他看到自己出生地野菊园变成高楼大厦时，大声叫喊："岂有此理！你竟敢把房子建筑在我的回忆上！"

一　瞬

生活忙碌，忆儿时的事，愈来愈少，几乎成为奢侈。现在又有一瞬闪过：

日本鬼子投降了。爸妈的朋友，将借款双手牵还的是一大箱失效的军用票。记得很清楚，上面有棵香蕉树，挂着一串成熟的果实。

扔了给我们，先是抓了一把撒上天，飞布周围。簇新的钞票，大大小小。先将第一张摆横，第二张放直后叠起，重复了又重复，变成一条风琴式的长龙。拿来当绳子跳，一下子就断掉。不好玩，干脆拿火柴来烧。

火柴只有手指一节那么长，根是用白纸卷的，上面涂了一层蜡。火柴头虽细小，但擦在石头上也会着。真神奇，拿到白墙上去乱刮，也能点火，只是墙上一道道的剩余火药，爸妈回家一定骂我。这根火柴到底能烧多久，看桌上的闹钟，上面有两个大铜铃，没有秒针。烧到指头发肿。再点一根，即刻吹熄。把迤根打开成一张纸。

这一百根小火柴是装在一个防水的小铁盒中。倒掉火柴，到芭蕉叶丛中抓会打架的小蜘蛛养在里面，一天吐几次口水给它喝，另外赶着把藤椅往地上乱摔，掉出几只臭虫来，拿去给蜘蛛当早餐。

火柴来源是在一个空军的军备配给盒中检出来，其他东西有一块巧克力，没加乳的，苦得要死。一小罐的炼奶、牛的碎肉、绿豆和果子酱。又有六枝香烟，奉送父母。一片片的薄面包，浸在水中，泡得像皮球那么大，原来是咬一口吞一口水，马上涨饱肚子的求生玩意儿。

妈妈又买了一个降落伞回来。它的绳子是尼龙线编成，又白又亮，怎么拉也拉不断，是穿裤头带的好东西。将它一条条地连接绑起来，成一条后用来拔河。不然就当跳绳，圈里能挤三个小孩同服步地跳上跳下。降落伞的伞部可以一块块按照缝接口剪开，阔大无比，拿来做衣服不是材料，不如钉起来当蚊帐用，但又不透风，差点没把自己闷死在里面。

挣扎，醒来，被被单罩住脸，是忆儿时，还是梦儿时？

浆糊与补衣

小时的校服，洗濯后一定加浆糊，把它烫得像一张纸那么服服帖帖。有时还添点靛蓝，让变黄的布料，显得洁白。

穿袖子的时候啐啐唰唰地用力把手伸进去，剩余部分仍然是一张硬翼。

经过一天的奔跑喊叫，汗水把浆糊浸湿，发出霉味。

为什么衣服要下浆呢？我问。我一直不明白。我讨厌那又僵又硬的感觉，但是大人不管三七二十一，还是浆你的衣服。

下浆把衣服弄得又挺又直呀！那才好看。每一个小孩的衣服都上浆，为什么你不肯？大人反问。我不要好看，我不要好看，我要舒服。

我不知说了多少遍。

衣服破了，大人细心地补，浆后绽蓝更显眼地东一块西一块，感到羞耻。我不要补，我要新衣！这一点，大人明白了，但还是无可奈何地补。我是多后悔当初的无知！

现在，纺织业进步，衣料耐用很多。价钱便宜，要是跳楼货更是没有人买不起。重工业不发达的地方全靠纺织女去打天下，令到先进国要以配额来限制。有些人不但只穿新衣，还要糟蹋。我有个亲戚是做家庭制衣工业的，召集了许多人力，辛辛苦苦地缝出一打打恤衫。价钱低贱，专门出口到沙特阿拉伯国家，让他们即穿即扔，连洗都不洗，真是罪过。

　　街上再也看不到穿补过衣服的人。不管多穷，大家都有能力买新衣。缝补的技术，已渐渐地遭受遗忘。

　　人类对服装的流行，幻想力有限，通常几十年便复古一次。至今受欢迎的丝绸，已经无人问津，目前麻质衣料大行其道。在欧洲，几乎人人都有一件。麻颊易皱，而且要下浆才挺，衣服又开始用浆加靛了。

　　有一天，补过的衣服也一定会变成最时尚的装束，但是已经很少人会补。在分秒必争、机器代替人类的社会，手工将是最昂贵的。时装公司会训练一批人来补衣，不同的是，已非慈母针线。我又要叫喊，我不穿。

午夜飞行

赶去新加坡，做一个公开讲座，因为丁雄泉先生来香港开画展，想多一点时间陪他，只有以最短的时间内来回。

本来可以逗留几小时就走，但讲座订在夜晚八点举行，之前又约好了律师，需上午开会，一早一晚，当天返港，是不可能的事。

竟然给我发现了有一班午夜的飞机，和丁先生慢慢地享受一顿丰富的晚餐之后，回家收拾行李，乘国泰午夜三点钟的航机，于清晨六点半抵达新加坡，吃肉骨茶，刚好是母亲起身的时间，吃完再去律师楼。

原来国泰的这班机是运货物兼载客人的，一到赤鱲角才发现一共有三班，另外的在同时段飞台北和大阪。

空溜溜的机场，所有商店都关了门，寥寥几个客人和半夜搭棚的工人之外，整座那么大的建筑物空空荡荡，很适合作为鬼故事的情景，我又想到了一个题材。

候机室二楼不开，只剩下底层，吸烟的酒吧本来关闭，清洁的老太太向我招招手:"就让你抽一根吧。"

时间到了,并不由闸口登机,要乘巴士到货物区,远得很,更感到机场之巨大,一排排的载货机停泊在那,在航空公司的招牌后面加了货物二字。

只有商务和经济两种客舱,乘机人少,打横睡也行,其他服务如常,电影也有好几部选择,吃了虾饺烧卖和糯米鸡当消夜,倒头昏昏入眠,一下子就到了新加坡。

这种班机最适合夜鬼,我想到以后组织的旅行团可以利用,飞日本的话在机中睡三个多小时,由机场到市中心途中又能赚回一个钟的睡眠,第二天大吃特吃,非常过瘾。

任何新经验都是好经验,即使不赶,我今后也会考虑午夜飞行。

婚　礼

新加坡社会的改变，使得婚礼也不像从前那么有趣了。

通常是在大酒店的宴客厅举行。

所谓的七时入席，到达后发现人数寥寥无几，都被邀请到偏厅去了。

布置得像一个沙龙摄影展览会，看到的是新郎新娘的礼物婚纱照片，永远是那几个不变的姿势。所谓沙龙，三流作品也。

待到八点，才见多点客人来到，这时开始在会场中播映录像带。

经过剪接和配乐，一幕幕儿童的裸照，小学毕业式的留影。长大成人，在社会中工作，与同事在海滩的 BBQ。

两人拍拖时，最初站得远远地，后来逐渐靠近。在一次的吉隆坡或槟城的旅行中，翌日二人合照，满脸春风，显然已干了好事。

接下来的是重复沙龙影展的纪录片片段，令人看厌为止，编导手法，的确高明。

九点钟才有饭吃，已饿得肚子咕咕乱叫，灯一暗，一排排的侍应捧出乳猪，并非全只，只是夹了叉烧、油鸡、素鹅、海蜇等的拼盘，难于咽喉，但照样要用干冰，加热水搞出白色烟雾，新郎新娘才肯从空中降下。

衣服一套换了又一套，那是新娘的专利，男的还是那件黑色西装。热带天气，不是很用得。一般只穿三次，结婚这一回，儿子满月和瞻仰遗容。

不变的是客人斗酒时，把"饮胜"这两个字的饮拖得愈长愈好，饮胜！有些人真长气，一饮就饮了两三分钟，可以参加吉尼斯世界纪录大全。

劳民伤财之后，客人逐渐离去，不禁想起亦舒常说的："婚姻像黑社会，参加之后一世人不能离开，有苦也不敢向人道。"

不知死的，结婚去吧。

讣闻乐

新加坡、马来西亚的报纸，广告收入很大部分靠讣闻。人一死，家族登广告报告，朋友登广告凭吊，非常之热闹。

香港的报纸偶尔可以看到讣闻，多数是移民到外国的人，想是通知老家的亲朋戚友。

日前看到一则，说某某女士于某某年月日蒙主宠召，享年六十九，谨定于某日某时在加拿大温哥华海景墓园礼堂举行安息礼拜，随后安葬于该墓园云云。

本来是一则很普通的东西，但看该女士的儿女，名字甚有品位，洞悉先逝者有一定的教育水准。

名字都有一个"人"字：俊人、化人、菊人、素人、亮人和乐人。

一说名字能影响个性，又说相由心生，不知长子俊人长得是否如名之英俊？次子化人看不看化人生？长女菊人是不是像菊花一般美丽？次女素人吃不吃素？三女亮人叫起来声音洪亮吧？四女乐人，应该一生都很快乐。

讣闻之中，看得出一家人的家庭关系。俊人一世人不娶妻，为什么？背后是否有一个很长的故事？化人则有一个叫丽娟的媳妇。

两个女儿的丈夫名字都是洋人，第三个嫁了一个姓"木下"的，是日本人了，算是一个国际家庭。

外孙、外孙女都有一个西洋姓氏，混血儿，长大时会很漂亮。

小字写："鼎惠恳辞，如蒙赐赙，拨充善举。"这也是好事，又显出后人生活无忧。

讣闻并不是都不好看的，无聊起来，读读也甚有趣。最好笑的是最后一行写约翰福音十一章六十六节："凡活信我的人，必永远不死。"

当然，活的人，不会死；死的人，信与不信，又关卿何事？

恶邻居

最近新加坡有件案子，非常有趣。

在一个叫如切的地区，有两排相对的屋子，住了八九家人。

其中一间主人受英文教育，自视甚高，常对人家说："读中文的，都是 low class people。"低等社群之意。

本来你怎么认为是你的事，我心中怎么骂是我的自由，但从敌意的眼光变为口角，愈吵愈厉害。

受英文教育那家人有个女儿，有个不知道是什么的博士头衔，朋友告诉了我，我忘了，但这不要紧，这个女儿博士有一天和邻居的小孩子吵了起来，伸出中指。

这下子可好，邻居告上官去，报纸报道了此事，引起了电视台的注意，也派了一支摄影队来采访。

电视中，公有公理，婆有婆理，争执得好不热闹。那个博士女儿伸长手指展示她的钻石戒指："我有镭，你有吗？"镭是钱的意思，福建语，南洋一带都流行用这个字。

她老子更在阳台上裸露上身，大跳"弄引"舞。这是一种马来风俗，摆手和身体摇来摇去，马来少女跳起来很风雅，老头子来这么一下，可真难顶。激起众怒，不止一家告，其他六七家人也联合一起告他，事件闹得更大。

这种案件可大可小，一处理得不好，就变成文化冲突，受英文教育的和中文教育是各一大派别，不管是谁不对，案件判了总有一边不讨好的。

政府派了七八个专家出来调停，希望平息这宗案子，最好是庭外和解。调停专家之中还有一个日本人，对这种他们民族不会发生的事件深感有研究的价值，在日本发表的话，国民一定啧啧称奇。

更神奇的是，马来西亚人看到了电视，一车车旅游巴士前来如切排屋，变成旅游景点。案件尚在进行，未知后果，先说给大家笑笑。

和解了

　　恶邻居的那单案子，终于以大喜剧结束，双方接受调停和解，被告向邻居道歉，并拿了一笔钱捐作慈善。

　　这场纠纷闹上法庭，最先投诉遭受干扰的有张秀英，跟着是罗家母子，还有颜家夫妇三单案子。被告姓曾，退休，他的女儿叫曾淑英，是个博士，两人曾经用污言秽语骂邻居，并以聚光灯照其他家人，激起公愤。

　　但是背后的故事还是没有报道：一、和解的话，庭费由谁付？二、拿了"一笔"钱作慈善，到底这"一笔"是多少？

　　被告姓曾的那家人，虽做出道歉，但看他们骚扰邻居的那副德行，并不好惹，应是非常非常麻烦的人物。要是个爽朗的话，要道歉早就道歉，不会等到上那么多次法庭才肯被调停的，要叫他们作出巨大牺牲，近乎不可能。

　　而且，姓曾的被告，在调解之前还向法庭申请"闭口令"，要他的邻居们闭嘴，横行霸道行为，很明显。

　　我相信庭费是各自负担的，控方那几家人已经得到了道歉。

有了面子，听起来好像很好，其实给人骂了。还要付庭费，将愈想愈不甘愿，后患无穷。

姓曾的被告，认为道歉是给前来调停的政府人员面子，付了庭费亦不情愿，所捐出来的"一笔"款，最多一两百块。

所谓本性难移，我认为一切没有那么便宜，纠纷一定还会继续下去。

也许法庭为了早日结束此案，作出种种的方便也说不一定，没有明白交代，我们不能随便猜测。

为了避免再下来的大麻烦，唯一出路是请姓曾的这家恶人搬走，他们也会以此作为下台阶，说老子的钱愈来愈多，不跟你们这群契弟（字面意思是"拜把子弟弟"，实际指给人制造麻烦的人）玩了，不过无论搬哪，恶邻居还是恶邻居。

爬　虫

　　在新加坡街头，常遇操纯正国语的妙龄女郎，身材高挑，一头长发，皮肤白皙，面貌虽然平凡，但已与当地少女分别甚大。

　　都不知道在什么时候涌了进来，近年国内女子在新加坡谋生的不少，友人之中，也听过包了她们当二奶的例子，但多数是正正经经嫁了过来。

　　最近一单案件，是一个已婚之夫，把他的女朋友告将官去，说她和别人假结婚，要把那国内来的女人赶回去。

　　经过调查，这女的的确有丈夫，但办过正式手续，而且夫妻感情良好。

　　但这个男人还是不停举报她，继续提供情报给移民局，不过，另一方面，还是和这个女的来往，保持亲密关系。

　　他告的是这个情妇一脚踏三船，说她向另一个男友每个月拿八千坡币，相等于四万港币，来养她的假老公。

　　访问这个告人的男人的邻居，得知他的妻儿移民外国，临行之前说过："做人没有意思。"

妻儿走后，就有两个中国女子搬进来住，二十多岁，长相很秀气。

法院询问后确认这个男的是因为被情妇抛弃后心有不甘，做出诬告，真正的罪人是他，要是定罪，三项提供假情报，每项可被判罚款最高一万元，或监禁一年。

报纸上看到这个男人的照片是个略微肥胖的人，手短脚短，恤衫袖口过长，腰带缠在大肚皮之下，新加坡有很多这一型的土佬。

真是要不得，本身还是南洋大学的副教授，并兼移民与关卡局公民权咨询委员会主席，知法犯法，应该罪加一等才是。

自己的情妇不要你了，就算了吧，告人家干什么？最卑鄙的是一边告一边还要和人家上床。该死该死！天鹅肉，不是每一个人都有资格吃的，这种男人连癞蛤蟆都做不上，只是爬虫一条，可怜。

豬油的大味道

大家为了健康，不吃猪油。可是这群家伙学洋人，到西餐店去，面包上一大块一大块的牛油照涂着吃，就不怕死了吗？

新加坡必行诸事

去新加坡，对一切新事物新建筑都没兴趣看，新赌场更难吸引到我。必做的，只有以下数件事：

一、拜祭父母。

二、和弟弟及友人打台湾麻将，最好是打个通宵。至深夜，请侄儿（虽然他老不愿意）到"肥仔荣"去买炒面，这家人在现场吃，不如打包，因为他们还坚持用棕榈叶包扎，炒面在叶中焖了一焖，更加入味，是新加坡仅存的一个宝，不容错过。除了炒伊面，还有炒生面、炒米粉、炒河粉和炒马来面，都有特色，百食不厌。

地址：102, Guillemard Road（旧羽毛球场旁边）

电话：+65 6348 4484

三、拜完父母，必和家族一块用餐，就到"发记"去，这里是我们全家的食堂，从爸妈那个年代，已经欣赏当今老板李长豪的父亲的手艺，一代人仙游，李长豪和我也成为好友。

做的是潮州菜，而且失传的居多。李兄的蒸鲳鱼技巧，我到了发源地潮州和汕头，也找不到比他更高明的。还有烧乳猪，坚持用炭，烤出来是光皮的，香港罕有。要吃潮州鱼生，得早一天订，他们用西刀鱼薄切，点潮州传统酱料，西刀为深海鱼，不怕生吃。

再加上李兄对食材的研究极深，一早已将高级干鲍入货数吨，当今开餐厅已有玩票性质，手艺更为超然。

地址：76, Amoy Street

电话：+65 6423 4747

四、Michelle & Cindy，那群技艺高超的少女，当今步入中年，理发和按摩的境界更深一层，没人肯接班，她们退休后你再也找不到更好的了。

地址：#04 - 63 Shaw Centre, Scotts Road

电话：+65 6737 6369

* 编者注：M&C 理发店现已停业。

笃　笃

　　在新加坡吃东西，游客以为只有海南鸡饭，真是可笑。深入一点研究，你就会发现有炒萝卜糕、炒粿条、福建炒面，等等。鱼丸汤也不错，有些人还认为比香港做的弹牙，但也有些人认为不够鱼味，鱼头米粉则人人爱吃。如果你能接受马来人的叻沙，那么又有个新区域，他们的辣米粉"米暹"做得很出色，炸豆腐更是一绝。进入吃印度菜的天地，从咖喱鱼头开始，这种食物像海南鸡饭一样，在印度也不一定吃得到，是新加坡人发扬光大的。印度的炒，加豆干丝、番茄、豆芽，炒得颜色鲜红，也能吃上瘾。他们的"罗惹"是将种种鱼虾肉蛋炸后摆在架上任选，客人自取后放在碟中，小贩再翻炸，切片，淋上独特的酱汁，非常好吃，可惜近来水准已低落，酱汁再也不如昔时香浓。永远保持水准的是他们的羊肉汤，用羊腿熬成，加大量香料和芫荽，喝起来，略带膻味。吃羊肉嘛，没膻味怎行？汤中的肉块是由羊腿中切出，喜欢蹄筋可以吩咐小贩加多一点。肉已软熟，不怕太过刺激的话，老人家也会爱上。羊腿上的肉和筋都被切完，剩下一点点连在骨头上，丢掉吗？不，这才是天下美味。用个大锅把羊骨炒了又炒，加红花粉、咖喱、椰汁、辣椒、胡椒和种种每家不同的香料，炒出一道绝品佳肴。一大碟上桌，吃时用手抓，先尝骨上的细肉和筋，这时你已满嘴通红，再吸骨中的髓，只有那么一小口，就吸不到了。这时只有把骨头往桌上敲，发出"笃笃"的声音，骨髓再度流出，又吸之，所以这道菜叫笃笃。现在小贩已供喝汽水的吸管，让女客人不必那么麻烦，但已失去吃笃笃的乐趣了。

山　瑞

　　张小娴去了一趟新加坡，初尝山瑞，惊为天人。介绍过的店铺，原来就在我老家附近，常去帮衬，但并非最好的。星洲人都知道以前最出名的山瑞在白沙浮，俗称黑街，常有人妖出没的地方。人妖已被赶走，白沙浮的山瑞档也不知去了哪？现在做得好的有几家在加冷，有些在从前的新世界附近的惹兰勿刹。白锡熟食中心的 #02‐31 档的"山中宝"，就是其中的一家，是姓汤的人家开的，连电话也没有。山瑞汤本来应该很浓的，因为山瑞裙有很多胶质，喝起汤来有黏黏的感觉。汤中加药材，更能补身。这次去"山中宝"时遇到一个长者，他说已经光顾了数十年了，我问说旁边也有一档，水准如何？长者说两家人本来是合伙的，现在拆开来做生意，他吃惯了"山中宝"，已不去别的了。山瑞汤已经要卖到五六或八块钱坡币一碗了。如果要吃山瑞的脚，则需付十块或十二块一碗。除了山瑞，这家人还卖草龟，六八或十块一碗。现在港币高，合四十大洋左右。草龟和山瑞有什么不同？前者是硬壳的，英文叫 Tortoise；后者是软壳，英文名字叫 Turtle，所以忍者龟应该作《忍者山瑞》才对。哈哈哈。至于山瑞好吃，还是草龟好吃呢？我问那位长者，也微笑回答："两者参加一起，最好吃。"至今还是念念不忘小时在白沙浮吃的山瑞，一小碗，当年一碗面只要两毛半的时候，它已卖一块钱。比起在京都吃的山瑞，各领风骚，不过京都的那家"大市"，一客要卖两万二千五百日币，是一千三百五十块港币了。

老朋友

大家一提起新加坡，就想到海南鸡饭，而我在微博中，团友们最常问的是："哪一家最好？"

一直不变的答案，就是"逸群"。

老一辈的人，只记得最老的一家叫"瑞记"，其实它的老板也是从"逸群"出去的。那年代做小食生意的都很保守，而他和一位宣传奇才黄科梅先生交上了朋友，在报纸上大卖广告，因此一炮而红，反而大家忘记了"逸群"这家由一九四〇年创立的老店。

没有搬过，还是在莱佛士酒店附近的海南街上做买卖，一经过，看到一块白纸黑字的招牌，墨已剥脱，镶在玻璃镜框之中。

旁边二根柱子上，用鲜红的字写着"逸群咖啡洋茶雪藏啤酒鸡饭"几个大字，两扇玻璃门上面有店的英文字母，写成 Yet Con，那时标准拼音尚未流行，那个"Con"字怎么想也想不出和"群"字有什么关联。

进门就有一个档口，架子上摆满碟子，下面的铁盘里最少也有四五十只已经煮熟的鸡。师傅戴上塑胶手套，就在砧板上一只只斩开，另一个大铁碗，盛着鸡肝、鸡心、鸡肠等。有些客人不吃肉，专为这些内脏而来。

店里每天洗擦得干干净净，桌椅至今还和开业时相同，捷克做的椅子，是经典的设计，当今已成为古董。

鸡肉上桌，一吃，是的，这才是真正的海南鸡饭味道，数十年不变。饭上桌，鸡油的香气扑鼻，淋上又浓又黑的海南酱油，配上以鸡油浸的辣椒酱和姜茸，你要吃最正宗的，也只剩下这一家人了。

店里另一招牌菜是烧肉，做法与香港的不同，也要淋黑漆漆的酱油，别有风味，炒粉丝亦然。

老板已是第二代，认识多年，样子和店里的味道一样，不变。二者都成为好朋友。

地址：25, Purvis St, Singapore

电话：+65 6337 6819

指定动作

拜祭完毕，指定动作，和家族到餐厅大吃一餐，往年一向到"发记潮州菜馆"，这回简单一点，去了 Glory 享用马来菜。

当今的新加坡小食都有其形而无其味，唯有这家人还固执地维持原来的做法，各种咖喱和巴东牛肉都很出色。先来一碟辣杂菜，马来语叫为 Ajar Ajar，来自印度话，把凤梨、青瓜、红葱头等切碎，用糖醋及各种香料腌制，下大量芝麻，酸酸辣辣，爽爽脆脆，吃了会上瘾。

最爱的马来人和中国人混合菜薄饼，因为年底赶做干货而取消，大失所望。好在米逻、Mee Robus 等面食还卖，各吃一大碟。

这家人的大菜膏又香又韧，大菜膏新马人叫为"菜燕"，日本人称之为"寒天"，我最喜欢吃。过年时做成一只鱼形，透明棕色，另有一番味道，和香港吃到的不同，值得一试。

另有甜品 Chinro 十分正宗，淋的是黑椰糖，很有椰子的香味，最后还加浓浓的、刚刚磨后榨出来的椰浆，吃完才知道什么叫 Chinro。一比较，别的地方做的都逊色。

另一指定动作是去打台湾麻将，这回是弟弟的家，他一直说地方很小，一去才知道环境优美，又有游泳池，是香港所谓的"豪宅"。

当然不能和老家的花园洋房比，不过只有他们两夫妇住，是足够的。本来与儿子蔡晔同住，当今他们自有家庭，也在附近买一间，晚饭都一起吃，也和住在一个大家庭一样。

家中的猫，只剩下两只，一只很怕事，叫为"鬼鬼祟祟"，一只和麻将脚的老谢有缘，他最喜欢，生出来没有名字，就叫老谢的英文名 Steven。

除了猫，就是弟弟的孙女了，才三岁，回来后放下那么大的一个书包，我觉得好可怜，幸好书包是空的，装模作样罢了。

一直以为弟弟的小孙女很内向，缩在角落一头，但这回见到，已经多话，有时呼喝着 Steven 和鬼鬼祟祟，有时自言自语，在家里嘶叫个不停，像一只会说话的猫，多过一个小孩。

到会记

母亲做寿，近年因行动不便，甚少出外吃饭，就请了"发记"到会。

到会，南洋人又叫办桌，是把餐馆搬到家里来，香港著名的"福临门"也由到会起家。做功一流，店名吉祥，生意滔滔。到会这件事，年轻一辈见也没见过。当今能做到，已算是豪华奢侈的了。

"发记"是我认为全球最好的酒楼之一，许多老潮州菜谱都被五十岁的东主李长豪先生固执地保存下来，如今即使去到汕头，也难找到同样的水准。

长豪兄放下店里的生意，在星期天驾驶了辆面包车，带着个助手和两位女侍应，搬了家伙，浩浩荡荡来到我家。

先把他设计的烤乳猪铁架从车上搬下，搭好了，点起炭来。这么难得的过程，我当然得从头观察到尾。

"大概需要多少时间准备一顿饭？"我问东问西。

"一个小时吧。"他回答。

"真快。"我说。

"现在方便得多，又有人帮手，我爷爷当年去马来西亚的小镇到会，赤手空拳，带去的只是两支铁叉。"

"没有炉子，怎么烤猪？"

"在地下铺了一张盖屋顶的铁皮，上面铺炭，不就是最好的炉子吗？"

"食材呢？"

"主人家里多数种点菜养些鹅鸭，至于鱼，还要亲自到附近池塘里抓呢，哈哈哈。"

乳猪两只，在店里已去了骨头。火生好了，长豪兄将之插进叉中，就那么在我家停车场烧烤起来。

"先烤皮还是烤肉，或者两边烤？"我问。

"烤皮。"他肯定："肉可以等皮烤好后慢慢烧。"

"要不要下调味酱？"

"在这个阶段什么都不必涂，只要抹上一点黑醋，它使皮松化。"

一手一叉，长豪兄将铁叉翻转后，由家伙中拿出一枝长柄的刷子，点了油，涂在猪皮上。

"涂油是要令温度降低，不是更热。"他解释："在这个过程之中，最重要还是心机，看到皮一过热，马上涂油，不然便会起泡。"

老潮州烤猪和广东做法不一样，广东人烤的是芝麻皮，要发细泡；潮州则是光皮，一个泡也不允许。

忽然，在猪臀那个部分发现不只是细泡，而是一个涨得很大的，眼看就要爆开。说时迟那时快，长豪兄又取出一根尖长的铁枝，从肉中穿去，空气漏出，皮又变回平坦。

二十分钟后，烧得快好，但猪头旁边接触不到火位，有点生。长豪兄拿起铁叉，放在火炉架子的下面，让余温将猪头慢火熏熟，完全是一种艺术。

盐也不下，怎么够咸？在乳猪烤起的最后一刻涂上南乳酱，大功告成，斩件上桌。

接着做生蒸鲳鱼，两尾三斤重的大，洗净后放在砧板上。助手说忘记带刀来，这怎么是好？

"家里的很钝。"我说。

"不要紧。"长豪兄拿了过来，翻过碗底，就那么刷刷刷磨起来，一下子变成锋利无比的工具。

每条鲳鱼片三刀，两面共六刀。一刀在鳍边，一刀在背上，一刀剖尾。将两枝瓷汤匙塞入背和尾的缝中，放在底。面上的缝里塞进两粒浸得软熟的大酸梅。鳍面腹部塞入了冬菇。

"得把另一片冬菇铺在鱼肚上，那个部分最薄，不这么做会蒸得过老。"长豪兄说。

在鱼上放红辣椒丝和茼蒿菜，和冬菇一只，红绿黑三色，极为鲜艳。淋上点鱼露，最后没有忘记猪油丝，蒸出来后的脂肪完全溶化，令鱼的表面发亮。

"鱼蒸多久？"我问得详细。

"餐厅的火猛蒸五分钟，最多是六分钟，家里的弱，要十一分钟。"他回答得准确。

这种方法才能把整条大鲳鱼蒸得完美。至今，我到过无数的餐厅，都没看过。要不是长豪兄得到祖父传下来的手艺，在这世上已经失传。

下了一大锅热油，把南洋人叫为贵刁的河粉炒透，到略焦时另煮一大锅上汤烧的鱼片、虾、猪肉，鲜鱿和菜心，淋在河粉上面，兜两下，即上桌，给家母的一群曾孙子曾孙女先饱肚，大人再慢慢欣赏其他寿肴。包括了炸虾枣、甜酸海蜇头、芥蓝炆猪手，炒肚尖等十几道菜。还有我最爱吃的潮州鱼生，用当地叫为西刀的鱼切片上桌，鲜甜无比，最后上的是甜品金瓜芋泥。

付账时，价目看得令人发笑，我说："不会因为是我们的友好关系，算得特别便宜吧？"

"你讲明不吃鲍参肚翅的，怎会太贵呢？"长豪兄笑说："那些材料，也见不到什么功夫。当今的客人只会叫那些东西，而且吩咐一定要清淡，一点猪油也不许下。"

"叫他们操自己去。"我说。

南洋的天气下，长豪兄满头大汗，略微肥胖的身体穿的衣服也被汗水浸透。他听了我的话，好像已经不在乎，笑着附和："是的，叫他们操自己去！"

新加坡小食有其形无其味

　　助手徐燕华是新加坡人，婚宴在那里举行，和她们一家飞去参加，下完机后我先探其母，再由她父亲带大伙儿到东海岸的"美芝律大虾面"店去。

　　滂沱大雨，但铺外排了长龙，等了好久才有位坐，吃了一碗真正味道的虾面。什么叫真正味道？我的定义是小时候吃过的味道。比起来，较一般好的味道。

　　小食不是什么高科技，用心、用足料、用够时间煮，一定成功。问题在于你肯不肯花功夫罢了。

　　所谓虾面，一定要用虾壳和猪骨熬出很香浓的汤，这是基本。这家人维持着这种水准，依足旧传统。上桌前加上猪油渣，桌上也有辣椒粉给你撒。生意滔滔是必然的。

　　地址：东海岸路三百七十号

　　电话：+65 6345 7196

　　其他小食，大多数味道已经失真，是种悲哀。

　　像我当学生时吃过的印度罗惹，是一种把小虾沾蘸酱粉炸出，又有包面粉的鸡蛋，染得颜色漆红用水发过的鱿鱼等等，摆在摊前，客人自选爱吃的，小贩便拿去翻炸一下，再切片上桌。吃时点独特的酱料，天下美味也。

经那么数十年，我一见印度摊子就去叫他们的罗惹，但是酱料永远是那么难吃。

这回又去了三家，因赶时间，叫其中一档不必再炸，就那么切来吃就是。把染红的鱿鱼吃进口，即刻吐了出来。那个印度人，不拿泡开的鱿鱼给我，用的是生的，当然我不叫他翻炸是我的错，不过照道理也应该告诉我一声呀！

当今的小食，布满了每一个角落，新加坡已是举目皆"摊"了。那么多小食，那么多人当小贩，究竟有多少家能像"美芝律大虾面"保持水准呢？经验告诉我，整个新加坡，伸出十指数一数，还有剩。

生活水准的提高是主要因素，社会进步，节奏快了，小食没那么多闲情去炮制了，就没从前那么好，慢火出细工，新加坡小食比不上吉隆坡，吉隆坡又比不上槟城。越过国境，到了曼谷，那里一个荷包蛋用木炭慢慢煎，煎得蛋白周围发泡，蛋黄还是软熟的，当然好吃。

怀念那失去的味道，小时候爱吃中国人的肉骨茶、酿豆腐、海南鸡饭、蛳蚶炒粿条、福建薄饼。马来人的沙爹、鱼饼（Otak-Otak）、炸豆腐（Tauhu Goreng）、淋面（Mfe Goreng）、马来米粉（Mee Siam），还有印度人的羊肉汤、印度炒面，等等等等，都是一谈起来就引人垂涎的美食。

当今这些东西呢？还有，大把！

每个熟食中心都卖。做菜的通常是一群没有经验的。有些人为了谋生，顶下一个摊，叫旧档主教他们几招，隔天就开张大吉了。

太年轻的不去说他，这群小贩中大有中年人，难道他们小时候没吃过一顿好的小食吗？那些味觉，要重现起来并不难呀！我不是说过并非高科技吗？失败了一次，再来，再失败，第三四回已经是高手了，怎么不学？怎么不求进？活着和死人没有分别地一天过一天的日子！

生活水准提高，对食物的水准的需求也更高才对。这一点，大家只花功夫和金钱在冷气上，在装修上。有得吃就是，什么是好吃？不懂！这种现象，不只出在新加坡，各个大城市也一样。

美食的消失，客人也要负一半的责任。大家为了健康，不吃猪油。可是这群家伙学洋人，到西餐店去，面包上一大块一大块的牛油照涂着吃，就不怕死了吗？

只要不是天天，每一顿都吃那么多的猪油，又怎么样了？任何东西一不过量，总是没事。

大都会的人都没好东西吃吗？也不是，你到纽约、东京、巴黎去。好的小食档还是存在，但是炮制食物一样，你也得花时间去找了。不但如此，还要排队。这些坚持水准的档子，老饕闻名而来。

像要吃真正味道的酿豆腐，那就得到珍珠坊中的"永祥兴"去，那里的酿豆腐为什么那么好吃？很简单，用大量的黄豆熬汤，汤一定甜。

　　嫌烦，时间又不凑巧的话，对面也有一档卖酿豆腐的，霓虹光管打着老字号，但卖的是拼命加冷水、水还未滚就盛给客人喝的汤。一个铁盘，假装把豆腐皮倒入汤中，其实是半盘的味精。

　　要吃真正的罗惹吗？到黄埔街市去吧！马来小食？如切路上的 Glory 不错。印度的，唉，不去谈它！

　　真正好的新加坡小吃，除了那寥寥数家之外，再也没了。这次徐家和我一共去了好几个熟食中心，吃得杯盘狼藉，但一面吃一面骂，所有小贩卖的都是有其形无其味的东西。我们也照吃，是想找些回忆，总是失望。但愿有一点理想的年轻人早日出现，小食做得好，生意一定好，你我都高兴。

潮州糜

新加坡的大餐厅不怎样好吃，但是小食却是千变万化，每一次逗留都不够时间试遍，只有一个办法解决。

那就是去之前，看看有什么想吃的，只要一样就够了，到后拼命找它吃，同样的店或大排档，每餐都试它一试，做一个比较，今后就能找到最合自己口味的一家。

像上一次去，专食鸡饭，这一回，我做梦见到一碗小时吃过的潮州粥，当地人叫为潮州糜，有如香港打冷。

昔时的潮州糜，著名的在新巴刹，同济医院后面，杏生堂药铺斜对面的小巷中那家，和在牛车水摩士街的几档。

摆满各样菜式：卤猪脚、猪脚冻、炊鱼、鱼子、煮咸酸菜和鲨鱼、鹅、炒得发黄的豆芽和发黑的蕹菜（俗称"空心菜"）、鱼丸鱼饼等等，要完全记录，整张稿纸都不够用。

坐在这些小食面前（有的客人是蹲的），用手一指，一碟碟自己喜欢的装进小碟中上桌。再来一碗糜，多数是炊成饭之后加水再煮过，能看到米粒，不像广东粥那么稀巴烂。

唏里呼噜，一碗糜就吞进肚，不管天气多热，汗流浃背，因为菜好吃嘛。

　　当今怀起旧，但新巴刹早已拆掉，连一点痕迹也不剩。牛车水的那几家已改为煮炒的小菜馆，哪来的潮州糜？

　　友人说在芽笼有多档，即请弟弟车我去。果然，给我找到。大喜，即刻点了几味传统的，看到加了新菜，那是渗入了马来人口味的咖喱臭豆、虾米碎马来辣和炒狮蚶等，也要了。

　　吃进口，觉得样子是有了，但是从前的味道丧尽，绝对不是想象中的潮州糜。不甘心，再去了几家。太饱，只能吃菜，下啤酒。哪知愈吃愈淡，啤酒不好喝，看见有咸鸭蛋，好，来一粒送酒。唉，连咸蛋也不咸。

机场职员餐厅

临离开新加坡之前，去机场的职员餐厅吃顿饭，已成为习惯。

如果你乘新航，那是新机场，楼上有一个，档口多，很干净，但是东西并不好吃。

每次乘的是国泰，在旧机场。一走进去，办好登机手续后往右手转，走到尽头，再转左就能看到两架电梯，按个 B1 字，就能抵达。不肯定时，问问其他人就知道。

电梯门一开，可以看到两间餐厅，第一间是供应伊斯兰教食物的。前一阵子已不卖马来人最普遍的早餐椰浆饭（Nasi Lemak），用香蕉叶子包。这次去又看到，是我喜欢的，但是椰浆不能耐久，一拿回香港全数坏掉，只能在机场或在机上干掉。

另有一小档口卖种种干货，像个小型杂货店，可在那买一包印尼虾饼或万里望花生，拿去机上送酒。

隔壁的是那间大的，伊斯兰教食物和中国东西都有。素食摊、咖啡档、面店、马来煮炒等可供选择，一定有一种你喜欢的。

我每次叫的是一碟干捞云吞面，新加坡的与中国香港的不同，加了醋和辣椒酱，酸酸辣辣，那几片叉烧完全是瘦的，染得近红，的确是难吃得好吃，久未尝之，会想念的。加上一把用醋浸的青辣椒，再难吃也扫个精光。

　　再来碟马来人的干烧咖喱羊肉，和海南牛肉河粉汤。

　　卖海南粿条的说："一九八二年开的机场，已有二十年，我也在这整整做了二十年。"

　　这档海南牛肉河粉两夫妇经营，味道和我小时候吃的不太一样，但也足足光顾了他二十年。星期天，他们的两个儿女来帮忙看档。

　　走出去，楼梯口有一冷气门外的角落，可以抽支烟才上机。

　　下次去，不妨试试，也许能邂逅几位空姐。

不　同

"怎么你又到新加坡去拍？"

这个"又"字叫起来，像去了很多次。的确，东南亚的饮食特辑，因为靠近香港，容易前往，是多了一点。

这次到新加坡可是我自己要求的，理由是：

第一，我生长在那里，没有人比我更熟悉。

第二，地方不大，我可以说吃遍全国。

第三，我吃过好的，我知道什么是好的。

但是，好的食物正在消失中。有些师傅七老八老，儿女留学当博士，都劝父母退休。有些太过固执，认为一些食物不能集中在大厂中制作，妥协不了，饿死不干。

空下来的档口，就给年轻人接棒了，有良心的还请老师傅教几招。太自傲的，以为不过是炒面炒饭之类，谁不会？看过了就上阵。

所以，新加坡的许多小食，都是有其形而无其味。而且，当地年轻人没吃过好的，根本也不知道应该是什么的一种味道，也没办法要求。

不过，味觉是最忠实的，骗不了任何人，好的食物，始终让人留下深刻印象。老一辈子的游客，一直记得有一个叫停车场的小贩中心，年轻的，说不出哪里可以找到一顿美食。

我此行有一任务，那就是把一些仅存的传统做法记录下来。至少，今后想与别人不同的年轻人，也有一点参考资料。

这些老档口的主人，对我有根深蒂固的认识和信用，大方地让我拍摄之余，还邀请了我们的工作人员吃饭，绝对不是搏宣传。

别人去的话，早就给他们赶了出来，像海南鸡饭最老的一家铺，叫"逸群"的，无线的先头部队去采访时碰了钉子，一说出我的名字，马上露出灿烂的笑容。是的，我们"又"去拍的节目，是不同的。

炒粿条

"你要的那档炒粿条，老板说什么也不给拍！"香港资料搜集的先头部队 Makar 说。

"怎么一回事？"我有点诧异："回头再给你电话。"

说完请弟弟蔡萱走一趟，问清楚理由后报告："老板已经订好位子，要到台湾去旅游，不过他说日子确定的话，迟一班机走。"

即刻又通知 Makar，可以拍了。下机后第一站就赶到丹绒禺十楼熟食中心去。看到炒粿条的老朋友，他一直抱歉，说增加我许多麻烦，其实，捣乱他生活的人，还是我。

"怎么那么多地方不去拍，找到十楼来？"他问。

好像十楼是什么平凡地区，其实它是新加坡的最早政府楼之一，当年建得很高，已经有十层楼，所以当地人只用十楼来叫它。

"你是什么时候在十楼做起的？"我问。

"十楼有多久。我就做了多久，三十几四十年了吧？"

"一直做同样的炒粿条？"我问："我要的，就是这种不变的美味！"

他笑了："怎么拍，随便你。"

"不必管我们，你做每天做的同样事好了。"我说。

下猪油，加蒜茸，放入油面，再加一点粿条，那就是广东人叫的河粉了，炒粿条并不以粿条为主，面多过粿条。

加点水，不然太干，翻兜了几下。这时可以放酱料了：黑色带甜的浓酱油、辣椒酱。把粿条的中间铲出一个空位，又加油，把腊肠片、鱼饼、豆芽、韭菜等配料爆香，又和粿条一起大炒一番。

最后的步骤，才把这碟炒粿条的灵魂蚬蚶放进镬，它要保持血淋淋，肥肥胖胖，一过火，就干瘪瘪，一点也不好吃。

香喷喷的炒粿条大功告成。女伴们吃了，说道翻出秘密武器猪油渣来。

整个过程一丝不漏地记录，学习容易，大师教出来的，你已是高徒了。

福建炒面

新加坡的炒粿条，是潮州人炒的。但是到了汕头和潮州，就是找不到，像去海南岛，没有海南鸡饭一样。这些美食，都已经变成新加坡独有的了。

也可以说是从大陆的小吃演变出来的，适合了南洋人的胃口，也是一种新派 Fusion 菜。而这种 Fusion 给长年的岁月磨炼和淘汰，能生存下来，已是传统和经典了，可以接受。

另一种福建炒面也是一个例子，它和吉隆坡那种炒得黑漆漆的福建炒面又不同，是白颜色的。

芽笼二十九巷中的，又是我一个老朋友经营。他先把油烧热后，一打就是几十个鸡蛋进锅中，再将一大镬的面和粿条放进去，然后不断地加虾汤去把面炆熟的。

秘诀在于炒完后捞起，客人一叫，才把那一大堆面取出一碟分量，重新再炒。

这时加虾、猪肉、豆芽和韭菜等配料，又再加蛋和大量的蒜茸，一碟面就完成了。

"这种面，在福建也找不到，是我的朋友发明的！"我在旁白中叙述。

炒面的人即刻反应："不是我，是我的爸爸。"

一代传一代，古老的味觉保留了下来，我们一一记录，再下去拍的是煮云吞面，面条和香港的银丝面又不同，没下那么多的碱水，不会太硬。包的云吞只用猪肉不用虾和其他的馅料，全靠汤底熬出味道，而汤是以大量的江鱼仔熬出来的。配料的叉烧，只取瘦肉，吃出另一种和香港不同的滋味来，虽说是云吞面，又是新加坡的另一种Fusion。

著名的还有一种福建虾面，汤底用虾头和虾壳和猪骨熬成，但试遍后，发现已没从前那么鲜，原来已全部不用虾来煮汤，一道名菜，就此失传。

又记录了广东炒伊面等，新加坡的古早味道面食，实在精彩。这是养成我变为面痴的主要原因，我一一学习，南洋和大陆的面都偷师，已经可以用面当早餐，每一天不同的，一个月也吃不完。

基　础

消失的食物，除了印度罗惹，还有福建虾面，怎么试，也吃不出从前在潮州会馆义安公司附近的那一档，汤清澈，但虾味极重，是用大量虾壳熬出来的，沾的辣椒酱特别美味，撒在汤上的炒虾米粉味道，也已经难觅。

同一区的猪杂汤，和猪肠灌糯米，还可以在很多小贩摊中看到，但是有其形而无其味，汤一味用咸酸菜去滚，出来的像在喝醋，根本和猪杂无关。也已经不卖猪血，这是猪杂汤中最重要的食材，一缺少就没救药了。

沙茶米粉的沙茶酱，也在不知不觉中走了样，再吃不到好的。

最混账的，就是蚝烙，这种台湾人叫为蚝仔煎的小吃，主要在那个"煎"字，而且不可用鸡蛋，要鸭蛋才香，这次在新加坡吃到的，以薯粉拌了鸡蛋，用大量的植物油"炸"了出来，并且炸得圆圆的，像个意大利比萨。铺在上面的，是用了几粒白灼过的生蚝。点的不是鱼露，供应辣椒酱而已。吃完学鲁迅骂人："妈妈的！"

来到新加坡，怎能少了胡椒炒蟹呢？我要的小摊子已关门，被人推荐到大餐厅去。在厨房有所谓的大师傅炒胡椒蟹，是滚一大锅汤，放很多汤匙味精，"煮"多过"炒"。

也难怪，正宗的做法是把螃蟹从生炒到熟，需时不少，餐厅要多做生意，螃蟹不是煮就是炸，照样很甜，甜味来自味精。

好在，正宗的还有，辣椒蟹就做得正宗，"豪华罗惹"的罗惹保留原来味道，"肥仔荣"的炒伊面还是那么好吃，打包时坚持用树叶裹住，制作过程，一一记录下来。

与海南鸡饭一样，叻沙已成为国际食物，所有酒店的客房服务（Room Service）和二十四小时营业的咖啡厅中都吃得到。

做新加坡叻沙有几个原则一定要遵守：第一，一定要下鲜蚶。第二，要下叻沙叶。第三，汤中下的椰浆绝对不能滚，椰油浮出，前功尽废。好好做吧！从基础打起！

豚　豚

　　来到新加坡，打电话给好友高木。

　　高木的父亲是百佳（Pokka）创始人之一，在日本的飞驒地区有一家酿酒厂，高木身为长子，本来应该承继父业，但他想做自己的事。

　　先被百佳派来打天下，在星洲开厂，生产罐头咖啡。有了成绩，他跑到香港主掌公司业务。对卖罐头也没多大兴趣，较喜欢开餐厅，就创立了Pokka Cafe，成绩有目共睹。

　　父亲去世后，他辞去公司职位，拿了一笔钱，到新加坡来收购了好几家日本餐厅。最喜欢的，一家炸猪扒，名叫"Tomton"。

　　高木一向对炸猪扒甚有研究，他在香港创立的"Ton吉"，至今还是最好的。新加坡的这一家，没有中文名字，我来了，他要我取。Ton的汉字写为豚，中国的猪字在日文中指的是野猪，家畜才叫豚。既然英文名Tomton，就代他叫为"豚豚"。

　　装修得很花功夫，把日本乡下的两间旧宅买了下来，拆掉柱梁，用船运到新加坡，当为装饰。食物的水准才是最重要，高木要求很高，炸出来的猪扒外面爽脆，里面肉汁饱满，比日本一般的猪扒店还要讲究。

日本黑豚，大家以为是日本土生，其实是三百年前英国温莎皇室给日本的贡物，原为伯克郡猪（Berkshire）种，最为美味，"豚豚"用的就是这种黑豚肉。

除了炸，还有一半烤一半涮涮锅（Shabu-Shabu）的，铁锅的上面加多一片铁，客人可以夹黑豚来涮，或者放在铁片上烤，两吃。

菜牌上没有的是"海之宝石箱"，高木用一个木盒，铺上薄薄一层Toro碎肉，再将鱼子酱、牛油果、奶油、青瓜、海藻和海苔像画画一样一条条夹在Toro中间，样子漂亮，吃不饱，是送酒的好菜。只介绍给熟客，吃了传出口碑，生意滔滔，你到了新加坡，想吃日本菜的话，不可错过。

地址：Central, 6 Eu Tong Sen Street, Singapore

电话：+65 6327 7887

* 编者注：豚豚现已停业。

冰　球

热天和冰，解不了缘。

印度人推着他的冰车，我们老远已经看到，把地上的石弹子拾起来放进短裤的袋子里，冲前去围绕着他。

这家伙不慌不忙，慢动作地由车后的冰箱拿出一长条沾满木屑的冰块。所谓冰箱，也不过是包着铁皮的木盒子。

冰箱下挂了个水桶，印度人拿开口的炼乳罐掏了一罐水，把冰上的木屑冲个半干净，放在一旁待用。

车上主要的道具是一只大型木屐船的刨冰器，中间有条细长的缝，小贩把一片很利的刀挟上块铁皮，再用把弯曲的小钟，将刀和铁皮塞入缝中，叮叮当当地敲了一阵。大木屐中露出发亮的刀锋，他满意地微笑。

接着他抱了那块冰，摆在刨器上，再用一块钉满生锈小铁钉的木板，牢牢地钳在冰顶，便大力地将冰块推前拉后，拉后推前。每一次动作，纤细的白雪碎掉下，印度人用左手盛住。

等到有半个手掌那么多的冰，印度人以指凿了一个小洞，放

冰球

入一茶匙的甜红豆后，又继续刨，落下的冰屑将红豆遮埋。

最后的步骤最考功夫，年轻的小贩将冰屑用双手又压又按，总做不完美，但是我们这个印度人轻易把雪团抛在空中，双手接过捏几下，便是个又大又结实的冰球。

糖浆有柠檬的绿和樱桃的红两种，我们喜欢后者。印度人一面转动冰球一面浇，整个冰球染成血红。炼奶罐用铁钉钻了两个小孔，滴上黄色的乳浆，大功告成。

这个冰球要一毛钱，并不是我常有的余裕。跟我出来看热闹的邻居小女孩吞吞口水，我知道她又热又渴。

　　伸手进裤袋摸了老半天，掏出个五分硬币扔给印度人，他又做了一个冰球，只是，这次没有红豆，也没有炼奶。用刀子一切，冰球中心还是白色，没有沾到糖浆。我们一人一半。冰球甜，人甜，心甜。

Singapore Sling

　　新加坡的莱佛士酒店，已重新装修得美轮美奂。我这种坏客人，还是喜欢旧时的破落。当年客人不多，嫌贵嫌设备不够，但对我们这些喜欢情调的旅人，莱佛士再便宜不过，还可以轻易地住进卓别林、毛姆的套房，洗手间比普通旅馆巨大。最舒服的，莫过于坐在大堂旁边的酒吧，一到傍晚，酒鬼们都集中在那喝 Singapore Sling，是这家酒店首创的。要做出最原有和正宗鸡尾酒的酒吧并不多，巴黎的 Harry Bar 有几种，新加坡的莱佛士有一种，Singapore Sling，已闻名世界。在二十世纪三十年代，做饮食业的大多数是海南人，这鸡尾酒也是海南酒保发明。最初，是调来给女士们喝，因为它有粉红颜色，酒精度并不高，现在男女老少酒徒都爱上，在香港酒吧也可以叫到，但是去新加坡，最好到莱佛士试试。分量是这样的：三十公分的占酒、十五公分樱桃白兰地、七点五公分橙酒（Cointreau）和七点五公分的浠酒（Dom Benedictine）、十公分的石榴汁（Grenadine）来染红、一百二十公分的凤梨汁来调味，最后加

莱佛士酒店 · Singapore Sling

上一滴苦味（Angosturd Bitter），杯口放置一片凤梨和一颗樱桃点缀，大功告成。顺带一提，莱佛士酒吧的另一种首创鸡尾酒叫"百万元鸡尾"（Million Dollar Cocktail）。秘方是三十公分占酒、七点五公分苦艾（Dry Vermouth）、七点五公分甜艾（Sweet Vermouth）、一滴苦味，和一滴蛋白，加一百二十公分的凤梨汁。这种鸡尾酒给毛姆吹嘘得红透天下，毛姆的作品《信件》（*The Letter*）再三提及。我今生今世，大概也没有毛姆的影响力，要不然自创几种鸡尾酒，味道也不逊别人做的，让它们发扬光大，也是很过瘾的事。

海南鸡饭

"我是台湾政治大学毕业的。""逸群"的老板符先生说。没有提起，我还不知道，当年出国留学的人并不多。

怎么在新加坡卖起鸡饭来？皆因继承父业，在 1940 年开业至今，已有六十多年，是历史最悠久，味道最正宗的。那时候，老字号"瑞记"还没营业呢。"瑞记"关了门，当今出现了一家"新瑞记"，只得一个名字，剩下的只有"逸群"了。

海南鸡饭不但在香港，连在国际上也流行起来。它最不分种族和宗教，没有战争和饥饿，带来的只是味觉上的欢乐，男女老幼都欢迎。

名字讲明是来自海南，但去了海南岛，找不到我们经常尝到的鸡饭，它是新加坡华侨演变出来的 Fusion 食物，应该正名为星洲鸡饭才对。

"逸群"的符先生在餐厅最繁忙的时候让我们拍，因为摄影队要求气氛。

"我想把制作过程留下一个记录，行吗？"我说。

符先生反问："怎么不行？"

"没有商业秘密？"

"笑话，"他说："我们制造的是原子弹吗？"

第二天一早，我们第二次到了店里，从洗米开始拍摄。把一大锅干葱头片，煎至金黄，再炸另一大锅的鸡油。取二者，拌盐，混入生米中，就那么炊将起来，一颗颗发亮的鸡饭，香喷喷上桌。

从前的传说，是把鸡在滚水中烫熟，利用浮在上面的鸡油，拿去炊饭的，这不真实，那层油不够，一定要另炸才行。

整只鸡则要依照烫熟的方法，但汤是鸡骨熬出来的，不是滚

逸群鸡饭店面

127

水，而且也下了很多姜，至于要熬多久，全凭经验，每家人的炉和锅都不同。

那锅鸡油也真有用，拿来拌在佐酱的姜茸和辣椒酱中。酱油不得马虎，要用又浓又稠带甜的。问符先生哪里买得到这种酱油，他笑嘻嘻地送了我一大桶。

海南鸡饭的研究

正如星洲无星洲炒米一样，海南并没有海南鸡饭。

我去了海南岛，到处找，找不到，又问过一位在海南岛住上五年的长辈，他也不晓得，问海南岛的本地人，他们说："有呀！"

给我吃的，不是印象中的海南鸡饭。

那么海南鸡饭到底是谁发明的呢？

追溯起来，应该是归功于新加坡"瑞记"餐厅的老板莫履瑞这个人。这么说，也许有许多海南人不同意，但这篇文章不过是抛砖引玉，如果有更正确的资料，请寄下。

莫履瑞在二十世纪二三十年代从海南岛过番来到新加坡，以卖鸡饭为生，他和一般小贩担了一枝扁担不同，是很有力气地两只手，提着两个竹笼：一个装鸡，一个装饭。饭是以饭球形式做的，扭得窝窝实实，圆圆胖胖。

莫履瑞这个做法，也许是看过海南岛的亲朋戚友做过，所以说海南鸡饭出自海南也没错，只是在海南岛失传而已。

当今东南亚各地都出现海南鸡饭，国际酒店的咖啡室或房间服务中，海南鸡饭更和云吞汤、印尼炒饭、叻沙等被列入"亚洲特色"的菜牌中。

但是，所谓的海南鸡饭，只不过是普通的白斩鸡和白饭，完全不是那么一回事儿，真正的海南鸡饭，做法繁复。

用大量的大蒜连皮和生姜在油中爆了一爆，再将一把葱卷起来，还有马来人叫为"巴兰"的香叶，一齐塞进鸡的肚子之中。鸡外皮抹盐。

煮一大锅水，一滚，加一匙盐，再滚，再加，凭经验看应该有多咸。

把鸡放入汤中，烫个五分钟，捞起，过冷水河。水再滚，再烫。三次或四次，看鸡的大小，不能死守陈规。

最后把鸡挂起来风干。

烫过鸡的水上面有一层鸡油，拿来放进镬中爆香干葱头，再把米放进去炒它一炒，炒过的米放进另一个锅中炊，炊饭的水也是用刚才烫鸡的汤，用一半。另一半留下，加高丽菜和冬菜，成为配汤。

还有一说，是把生米放进一个漏斗形的铁锅中，下面滚水蒸之，见过莫履瑞做的老朋友们这么流传出来。

炊完的饭肥胖，一颗颗独立，包着一层鸡油，发出光彩，一见此饭，方能称上正宗。偶尔在饭中吃到爆得略焦的干葱粒，更香。

吃时淋上酱油，单单是白饭，不吃鸡肉，已是天下美味，无处觅。

说到酱油，一定要用海南人特制的又浓又黑，带着焦糖味道的。如果看到餐厅供应的酱油是普通的生抽或老抽，那么不用试，也知道一定不好吃。

酱油架上还有少不了的一罐辣椒酱和一罐姜茸，用吃完的花生酱玻璃瓶盛着，瓶的外表有一个个凹凸的格子，形状有如一个装红酒的木桶。

辣椒酱各家制法均不同，有浓有稀，有些很辣，有些微辣，其中加醋、姜茸则不可不用鸡油拌之，没看到鸡油的姜茸，也不正宗。

用这三种酱料来点鸡肉。鸡一叫就是半只或一只，斩件上桌，碟底铺有黄瓜片，有时觉得黄瓜比肉好吃。

鸡肉是什么状况之下最完美的呢？绝对不能全熟。全熟就像吃鞋底，要骨头周围的肉略微桃色，鸡的骨髓还是带着血的，才算合格。

鸡不能太肥，也不可太瘦，数十年前的"瑞记"，已学会品质控制，在马来西亚的昔加末地区有一农场，专养走地鸡，到时候就运来新加坡。

懂得吃海南鸡饭的人，最享受是那层皮，当今流行所谓的山芭鸡，都太瘦。鸡皮不肥不好吃，皮和肉之间有一层啫喱状的胶汁，最上乘了。当时不知道什么叫胆固醇，也没有污染，吃鸡的皮，吸骨中的髓，大乐也。

嫌肉吃不够，可多叫一碟鸡杂，里面有鸡心、鸡肝和鸡肾、鸡肠等，蘸着酱油吃，也是极品。

吃鸡，嚼出骨头方有滋味，我对目前的去骨鸡饭很不以为然。"文华"酒店的收入，很大部分靠卖它的鸡饭，也是去骨的，游客不懂得这个道理，现代人又怕吃得太肥，以为"文华"是最出名最好吃，也不必和他们争辩。

目前尚存古味的店铺，还有海南二街（Purvis Road）的"逸群"咖啡室，另外有"七层楼"餐厅，在新加坡其他的，肚子饿时，也许还吃得下吧。

香港海南鸡饭也是流行，但学其样，不学其神，连酱料也不像样，别说鸡肉和饭了，大刺刺、摆出海南鸡饭的名堂，甚不知耻。

至于老店"瑞记"，老板莫履瑞和友人黄科梅先生，以及跑娱乐版的记者黄哥空及家父蔡文玄交情甚笃。莫先生当年已懂得广告之力量，有科梅先生撰文赞之，又有哥空先生常带一群歌星光顾，再在家父所编杂志《南国》长期登广告，结果生意滔滔，"瑞记"成为游客非去不可的景点。

可惜据说公子乘摩托车撞死，莫先生无心做下去。"瑞记"目前丢空在密驼路，但至今尚未拆除，路经此地常去凭吊，唏嘘一番。

鸡饭酱油

这次去新加坡，有一个任务，那就是带一些酱油返港。

美食家安娜贝尔·杰克逊（Annabel Jackson）要在外国记者俱乐部举行一个海南鸡饭的讨论，要我参加。

"没有真正的酱油，怎么示范？"我问。

"那你就替我找来吧。"她说得容易，香港何处买？刚好趁这个机会由海南鸡饭发源地取得。

大家以为海南鸡饭出自海南岛，我去了才知道那里没有真正的鸡饭，更无真正香浓的酱油了。鸡饭是海南老乡，来到新加坡，想起他们小时吃的东西，根据他们的理想创造出来的，与海南岛无关。

最地道的新加坡海南鸡饭馆子叫"瑞记"，老板因儿子骑摩托车出事丧生，已没兴趣做下去，旧址的同一条街上开了一家"新瑞记"，味道不一样，与老的无关。

当今整个城市做得最像样的只剩下海南二街的老店"逸群"，每次去新加坡，必光顾。

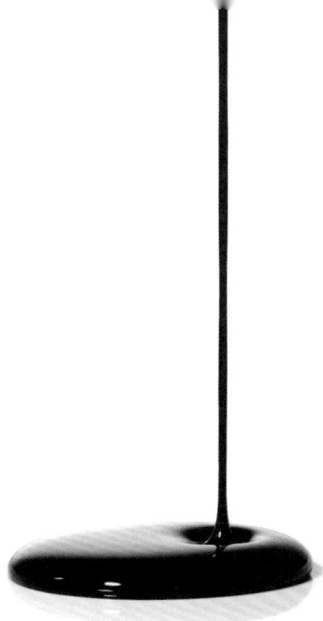

一早到了，见老板亲自出来开店，我向他要："请您卖一小瓶酱油给我。"

　　"都是一桶桶从工场直接运来的，分开装在酱油壶里，只摆在餐桌上，不卖的。"

　　忽然，从他蒙眬的眼中认出了我，展开笑容："送给你，可以。"

　　自从"瑞记"多年前关门后，我就一直光顾"逸群"，在专栏中也多加介绍，朋友一问起我这个老牧童也遥指它。

　　老板从柜子中拿出一桶，乖乖不得了，至少有五公斤，塞在我手上。

　　真正海南酱油制作艰难，都是日晒后由壶底取出，与一般的加面粉和糖的死甜不同，这份厚礼，怎么说也不能白收。

　　我坚持付钱，老板固执不许，推来推去，像君子国民，最后，拗不过他，珍重地当成手提行李，拿上飞机，大恩容后再报。

发　记

　　周游各地，新加坡的"发记"，应该是世界上最好的酒楼之一。

　　地点在厦门街的旧区翻新建筑物之中，地方宽敞，带有浓厚的唐人色彩，装修则无中菜馆的花花绿绿，一切从简，以食物取胜。

　　老板李长豪，肥肥胖胖，四五十岁人，是当厨师的最佳状态。他整天脸露笑容，门牙中有一个小缝，平易近人。大师傅难不了他，有什么人不干就亲自下厨，当然，出品的水准的控制、食物的设计，都是出于他一个人的。

　　从他的祖父到父亲身上学来的潮州菜，一点也没走样。当年辛辛苦苦从大排档做起，在"同济医院"旁的咖啡店煮炒到现在，数十年功夫。

　　最难得的是，翻江过海到南洋的华侨，勤奋地种下根后，菜式的变化不多。也许这是一种固执，但只有固执，才不会搞出令人闻之丧胆的 Fusion 菜来。又因为这些华侨不必受到"文化大

蔡澜与发记老板李长豪合影

革命"之苦，中间更无断层，李长豪的潮州菜，比在潮州吃到的更正宗了。

什么叫正宗呢？举个例子吧。

鲳鱼，广东人不认为有什么了不起，因为它离水即死。不是游水的，不被重视。潮州人则不同，鲳鱼是上品，但会蒸的人，已不多，我怕这个古法消失，拍电视节目时特地跑回新加坡一趟，用摄影机记录下来。

过程是这样的，潮州人认为鲳鱼应愈大条愈好，取一条约两斤重的，只要蒸五分钟就熟。

五分钟？怎么蒸？鱼身厚，面部太熟，底部还生呢？

有办法，那就是在鲳鱼的两面横着深深的三刀，头部一刀，身上一刀，尾一刀，至见骨为止。

这时，把两根汤匙放在底部的身和尾处，让整条鱼离开碟底，这一来蒸气便能直透。上面这边，则各塞一粒柔软的咸酸梅进口处，头部以整条的红辣椒提起。

在鱼身上铺了切成细条的肥猪肉、姜丝、中国芹菜、冬菇片和咸酸菜，淋上上汤，汤中当然有咸味，不必加盐，最后是番茄。

以番茄用来取味吗？不是，用来盖住鱼肚那部分，背上的肉很厚，腹薄，如此一来，才不会让蒸气把鱼肚弄得过火，这简直是神来之笔。

放入蒸炉中，猛火，的确是五分钟就能完成。蒸出来的鲳鱼，背上的肉翘起，像船上的帆，加上芹菜的绿，酸菜的黄、冬菇的黑，和辣椒的红，煞是好看，而那白色的肥猪肉，则完全溶化在鱼身上，令肉更为柔滑。

这才是潮州古法蒸鲳鱼，连去潮州也吃不到了。

在"发记"，还能吃到不少失传的潮州名菜，像"龙穿虎肚"，很多潮州人听都没听过。

做法是拿一条条五六英尺长的鳗鱼，广东人叫花锦鳝，潮州人称之乌油鳗（亦叫黑耳鳗，因为它有两双黑耳），蒸到半熟，拆肉，拌以猪肉碎，再塞入猪大肠之中，炊熟后再煎的。

一般，我对鲍参翅肚没什么兴趣，像鲍鱼，卖到天价，吃来干什么？两头鲍早就尝过，还来什么二三十头？但是在"发记"做的，价钱相当合理，因为他们用的是澳洲干鲍，虽然肉质不及日本的，但胜在李长豪手艺好，搭救成一流料理。

程序是复杂的：浸十二小时，倒水，再浸十二个钟。以老鸡三只，排骨六公斤，三层猪肉六公斤，鸡脚两公斤，大锅熬出三公升汤来，再浸，这时用猪油来夹鲍鱼，以八十五度火煮五十个小时，至到那三公升的汁变成一半为止。看火候的，还有一个专人呢，当然不是一般下蚝油，去炆制那么简单。

这时呈扁平的鲍鱼胀起，用手按，全凭经验看它是否软熟，弄到客人觉得物有所值为止。

至于翅，则要选尾部下面那块，不识货的以为背鳍最好，其实鲨鱼游在水中，这个部分经常碰撞，有呈瘀血的现象，皆为下等翅。炆法以老鸡、鸡脚、猪肉皮、猪肚肉等，炆到汤汁收干为止，潮州人的翅，是不加火腿的。

这些菜只能偶尔一试，我个人也反对杀鲨鱼，只把过程介绍一下而已。自己叫的菜，有一样很简单清淡的，用黄瓜，去皮去瓤，用滚水烫之，再浸以冰水，让瓜脆了，以小虾米和冬菜煮之，已比鱼翅好吃。

另有一道鸡茸汤也不错，剁鸡肉不用砧板而是把鸡放在一大块猪皮上剁碎的，此法亦失传。

大家以为只有日本人吃刺身，不知道潮州早已有鱼生这道

发记·鲍鱼

菜，但这要事前吩咐好才做得出。从前是用鲩鱼的，但近年来怕污染，只采取深海鱼"西刀"，切成薄片，像河豚一样铺在彩碟，片片透明。

配料倒是麻烦的，有菜脯丝、中国芹、酸菜、萝卜丝、黄瓜片和辣椒丝等等，夹鱼片一起吃，后来演变为广东人通常吃的"捞起"，他们用的则是三文鱼了。

蘸着叫梅膏的甜酱吃，有甜有咸，或许有点怪，但潮州人这个吃法是从古老的口味传下，不好吃的话早就被淘汰。一定不能接受又甜又咸，那么有种叫豆酱油的佐料，亦可口。

最后的甜品有整个南瓜塞芋泥的金瓜盅。南瓜去皮后，用冰糖浸一天，才够硬不会崩溃，跟着芋头磨成泥，猪油煮之。塞入，再蒸出来，是甜品中的绝品。

有一道失传的甜品，叫"肴肉糯米饭"，用冰糖把五花腩熬个数小时，混入带咸的糯米饭，上桌时还看到肥猪肉摇摇晃晃。

我办旅行团，有些地方一切具备，就是找不到好吃的东西，胖嘟嘟的李长豪拍拍我的肩膀，说："不要紧，带我去好了，我煮给你们吃。"

好个发记。学广东人说："真系发达啦！"

蒸鲳鱼

《蔡澜逛菜栏》这个节目，已经拍了韩国釜山、潮州汕头、顺德和东莞，接着下来轮到泰国。

从杭州回来，返港休息了一天，翌日 20 号乘深夜机去新加坡。第二天中午为母亲祝寿，在家里摆了三桌，宴请亲朋戚友。

到会的是"发记"的李老板，谁请他都请不动，只肯来我们家做菜，我们的结交有很深的渊源，我双亲由李老板的爸爸开的店光顾起，数十年。当今我们这一辈和李老板又是好朋友，所以他说只要我出声，一定上门。

香港的拍摄组在 22 日出发到曼谷，我已无暇赶回，直接从新加坡飞去会合。在新加坡另外组织了一队，由我弟弟蔡萱当导演，拍摄李老板做的其中一道菜，加在汕头特辑里面。

为什么要那么麻烦？都是因为我对汕头的潮菜还是有不满之处。潮菜在国内，多道已经失传，反而在南洋找得到。华侨的思想相当固执，做菜一成不变，这一来可好，把传统保留了。但这种地道菜，也因吃的人不懂得欣赏，慢慢销声匿迹，趁这个机

配料

肥猪肉丝

酸梅粒

番茄片
冬菇

咸菜

发记·蒸鲳鱼

会，能记录多少是多少。

在汕头的时候，我向当地友人说，单单一道最基本的蒸鲳鱼，做法如何又如何的不同。听得友人傻了，还以为我在说笑，所以要请李老板示范给他们看看。

把一尾三四斤重的大鹰鲳去鳞洗净，取出内脏，放在砧板上，正反各划三刀。

第一道划在鱼鳍后面，第二道在鱼背之中，第三道于鱼尾。划的深浅，根据鱼的大小而定。不同斤两的鱼，也可以一镬蒸。

配料有酸梅粒、番茄片、冬菇、咸菜和肥猪肉丝，先用酸梅塞入下刀处，肉就能掀起，再用二支汤匙塞到鱼底。这么一来，一条那么大的鱼，蒸五分钟就能上桌了。

　　秘诀还在那几片番茄，是用来铺在鱼肚上面的。鱼肚部分肉薄，盖住了，才免蒸得过熟，汕头友人看了，一定说厉害。

购物和拐杖

想起要到新加坡，我就乐了起来。

不是什么鸟公园或圣淘沙，这些人造名胜不去也罢，倪匡兄也不会有兴趣，带他到"发记"去吃鱼，一定大乐。

李老板蒸的鲳鱼一流，已近失传。还有用西刀鱼切的鱼生，别人不敢尝试，我想倪匡兄一定吃得津津有味。另外有潮州式的烤光皮乳猪呢，香港已吃不到。

饭后他老人家回酒店休息，我则可以回家，和弟弟及老友打台湾麻将。妈妈已仙游，当今无王管，打个通宵好了。

入住富丽敦酒店，最舒服。他们会为我准备那间 Loft 套房，由旧邮政局改的窗有两层楼高，楼下是厅，楼上卧室，两层皆能由窗口望出海景。

也没什么东西要，虾米和江鱼仔可以等到去马来西亚购买，那边的虾米最高级，江鱼仔可带回香港后，和通菜一块煲汤，甜得不得了。

去到吉隆坡，入住双子塔旁边的文华酒店，一走过去就能找

新加坡富丽敦酒店大堂

到 British India 总店，夏天衣着，买个痛快。那里有一个售货员，名字叫什么记不起，只知她染了一头黄色的头发，我只管叫她金毛。找到金毛，她就会替我选几件最合身的。

最后到槟城，买的是丹蔻咸鱼。此种咸鱼是一片大肉，没有骨头，就那么切片煎太咸，肉也太硬。把它湿了一夜糖水，味道就中和了，香死人也。

也会去小贩摊子吃沙粿条，即是河粉，槟城的料最多，有虾、蚝仔、鱼片、鲜鱿和猪肉香肠，又下大量鸡蛋，引死人也。

拐杖可要到古董店找了，马来人做的拐杖很纤细，手柄用银雕出，柄身以贝壳和骨头一片片镶入。我买过一根，抽出来的是一把长剑，亮晶晶的，锋利无比。

这种藏剑拐杖只能给倪匡兄在马来西亚用几天，不可以带回香港，真可惜。

吃　鱼

　　入住富丽敦酒店，倪匡兄看了那高楼顶，感叹道："从老殖民地政府机构改造的建筑物，是有一种现代旅馆没有的气派。"

　　到了房间，更为高兴，从楼下的客厅到楼上的卧房，倪匡兄像一个顽童爬上爬下，一点也不觉得辛苦。

　　一位团友搞制衣，把中国丝绸运到意大利加工，再送回大陆厂，做成色彩缤纷的成衣拿去美国卖，他给了我三件大号的，我一穿说还是中码的合身，退回给他，他说转送给朋友好了，我就拿给倪匡兄，想不到大小正好，就是长了一点。

　　哈哈哈哈，倪匡兄大笑四声："这次来星马，正好派上用途，一共六天，每件穿两天，刚刚够用。"

　　晚上，粉墨登台，上去唱双簧，观众大乐。新加坡我常去，当地人对我已没新鲜感，主要是来看倪匡兄。演讲要有一个题目，大会问有什么题？我们都说想到什么讲什么，结果就在牌上写了"无题"两个字。

　　这次有天地图书的编辑陈婉君同行，她会将我们做的三回讲

新加坡富丽敦酒店

座编成一本书，有兴趣的读者出版后去买书好了，演讲的内容我就不在这里重复。其实，我已忘得一干二净，事后再问倪匡兄，你对新加坡之行，印象最深的是什么？

"吃呀！"他说："发记的潮州菜，是那么难忘的。"

从最先上的卤水花生开始，吃到最后的猪油芋泥，倪匡兄每一道菜都赞好："活到七十岁，还有新东西，从来不知道潮州菜有那么多的变化。"

他指的是西刀鱼鱼生，潮州鱼生从前香港也有，但用的是鲩鱼，当今香港连鲩鱼也禁止生吃了，倪匡兄对西刀鱼当然感新鲜。还有蒸大鹰鲳、野生笋壳、肉塞大鳗等，每道菜都是他最爱吃的，当然难忘。我笑着说："这次不是来演讲，是来吃鱼的。"

薰衣草熟食中心

新加坡殡仪馆附近有一熟食中心，英文叫为Lavender Street Food Centre，薰衣草街，我颇爱此名。

新加坡地道小食应有尽有，长时间下来，试完所有摊档。

有家人卖福建薄饼，这是我最喜欢吃的，小时隔壁住了一家福建人，为父亲的世交，有位小女儿，也许是想长大了和我成亲，整家人一直教导我福建文化，包括方言、世俗和食物，故我的闽南语讲得比潮州话流利。

印象中，他们家的薄饼最美味。包薄饼为一大事，过年过节才举行，准备功夫很花功夫，会用上两三天。当今的福建家庭已少人做，只有在中国台湾以及新加坡、马来西亚才有看到，在熟食中心看见，大喜，即叫两条。

主要的材料是虎苔，是种香味很重的干海藻，新加坡难于买到，当然不放了。也嫌白萝卜以粉葛代之，其他配料也能省即省，做出来的薄饼样子很像从前的，但吃起来不是原味。为怀旧，勉强食之。

　　也有云吞面卖，那里做的和香港的不一样，但也分汤类和干捞，我喜欢后者，有南洋特色，保留猪油，并加上了猪油渣，更是好吃。但是在熟食中心尝到的，面条应是由制造商大量生产，无面味，亦少碱水，软绵绵不弹牙，吃了也大失所望。

　　另一档是卖猪杂汤，这种潮州小吃到了汕头也试不到原汁原味的了，这里卖的更是不知所云，友人见我皱眉头，说附近有家老店，才是正宗。

　　即刻由他带去，一看门面，有两个大锅，熬着汤汁。我一看以为对路了，叫了一碗来吃，刚喝一口汤，就觉得不对劲，是比在熟食中心的够味，但是绝非从前的猪杂汤。

　　猪杂汤有两种最重要的食材，那就是猪血和珍珠花菜，此店全无。

"为什么汤里不放猪血？"我问店里的人。

"政府不准许。"这个答案倒是我没有想到的。

"那么珍珠花菜呢？"

"已经没什么人种，很难找了。"

难找，并不是代表没有，那么重要的食材，那么浓厚的味道，一放少了，等于失去了灵魂。为什么不可以努力一点？在偏僻一点的地方找一小块地，自己种呀，猪杂汤全靠它了。

"我们从前吃猪杂汤，猪肚还要用水来灌，灌到胀起，外层和内层之间的纤维像透明一样，才算标准。"我回忆。

小贩不屑："没听过。"

"那么你们的汤熬的是什么？"我问。

"全是排骨呀。"

我摇摇头："你们还是改去卖肉骨茶吧。"

有一餐想吃素，认为亲人逝世，吃斋好过吃肉，就去找。发现整个熟食中心没有一摊卖斋的。这也不奇怪，要碗白饭好了，弄点蔬菜就行，但友人说："也许用猪油炒的呢。"

也就作罢，但到底干吃白饭不行，来点酱油吧，见有一摊卖海南鸡饭的，酱油又浓又甜，我向店里一名年轻男子说："我并没有买鸡饭，但可以不可以给我一点酱油？"

那个男的很友善，点点头。

刚要把酱油淋上时，那一档人来了一个中年妇女，气冲冲倒头大骂："你没有帮衬，不可以吃我们的酱油！"

对不起，对不起，只有拼命道歉："给你钱行不行？"

那女的也不睬我，走开了，新加坡人友善的印象，一扫而空。

再来又吃虾面、福建炒面、叻沙、卤鹅、各种小炒，整个熟食中心，没有一种可口，一切食物，有其形而无其味。

看见了有一档卖冰，就要了一客。新加坡的红豆冰像台湾的刨冰，碟底下放了煮得很甜的红豆和亚答仔，亚答仔是一种棕榈科的种子，半透明，很有咬头，用糖水煮了，也很甜。

上面铺了很多刨冰，用手一压，成山形，在上面淋了又红又绿的糖浆，又加炼奶而成。

小时候吃的是下了椰糖，椰糖很香，当今如果客人要椰糖，可多加五毛。

五毛就五毛，一吃之下，对味了，只有这种刨冰，才维持小时候的味道，也许是做法有那么简单就那么简单，味道再变，也变不到哪里去之故。

鱼丸、酿豆腐等，全是统一大小，据说要领执照才能制造，味道也不会好，或坏到什么程度，只是不标青（粤语，非常出众的意思）而已。

不能说完全失去，还有寥寥可数的几档小贩坚持着，我下一次去，只能老远地跑到那些档口去吃了。一般的所谓熟食中心，可免则免，非去不可的时候，还是会去的，一边吃，一边骂。粗口，变成了佳肴。

绿色包装

儿时跟妈妈到市场买菜，哪见塑胶袋？用的都是咸水草。

咸水草不是长在海里，而在咸淡水处，时见溪边一丛丛的草，有人那么高，还以为是芦苇呢。

收割后绑成一扎扎，每扎约八十公斤，放在杂货店里，传出一阵阵的草香，闻了着迷。

"是哪里来的？"问妈妈。

"东莞。"她说："东莞在哪里？"

"大陆呀！"

哇，厉害！那么一捆草，漂洋过海，来到了热带。南洋小贩都学会用了，熟手地抓起一把菜，用手指公一压，把草尾一端绕了三圈，松开手指，大力一扯，就牢牢地把菜捆住，交给客人，看得神奇得不得了。

小贩们都是力学专家，扎白菜、扎萝卜、扎茄子，重的那边绑三分之一，坠落的力量就能平衡。咸水草柔软又结实，提在手上，一点也不痛。

过节，看小贩们用咸水草绑粽子，更觉神奇，草和粽叶都有香味，滚水后令粽内的米和肉更香。

螃蟹给咸水草一扎，动也不动，又不会弄死它，但有些害群之马利用了它一重重捆绑，增加重量，那不是咸水草的错。

看得更令人折服的是用来捆豆腐，妈妈买了两方，小贩先用朴叶包住，再以咸水草扎之。朴叶有两只手掌那么大，当今也和咸水草一样不见了。

什么？也可以扎鸡蛋？原来是用残旧报纸，折成漏斗形，把五六个鸡蛋包了，又是用这个老朋友扎住，就行了。

还有，用咸水草提奶茶咖啡，听过吗？咖啡档口每天用多罐的炼奶，开罐头的工具尖端有一枝尖刺，插进罐头正中央，跟着开罐器的柄上有个尖锐的三角，用力一旋，就开了。

空的铁罐存起来，如果有客要外卖，就把冲好的咖啡或茶倒进去，用一根咸水草在穿洞的盖底打一个大结，闭起盖，就那么让客人提着走。

生了病，妈妈带我去一家叫"杏生堂"的药店，给医师把了脉，开个方。伙计们在柜上铺了一张张的玉扣纸，量了分量，抓好草药，一包包包起，再用一根咸水草扎好。药方折成长条，绑在草上，结了一个结。

那张纸，拆开后练毛笔字，玉扣纸真好用。妈妈说："从前人家拿来擦屁股。"

旧报纸最常见，甚至今天英国人还拿来包 Fish and Chips，有了那阵油墨味，才地道。旧杂志更是好用，一张张撕下，卷成一个尖圆筒，印度人抓一把炒香的小绿豆装进去，一筒一毛钱，吃个不亦乐乎。

香蕉叶又长又大，最好用了。叶干很软，用一把马来人称为"巴冷"的开山刀轻轻一挥，就掉下来。接着以利刃劈开叶中间的长茎，采取出两片大叶来。湿布抹个干净之后，便可包食物。

最典型的是马来人的早餐椰浆饭（Nasi Lemak），饭一旦加了椰浆，什么劣米都会煮得精彩。饭上加几尾炸香的公鱼仔，一片青瓜上面摆了又甜又辣的三拜酱（Sambel），就此而成。

以香蕉叶包了，在微温中焗出叶的香味，和白饭配合得天衣无缝。但香蕉叶容易破开，当今有些马来小贩先以塑胶纸铺在叶上再包，滋味尽失。

吃印度饭时，没什么碗碟刀叉，把大片的香蕉叶在地上一铺，添了饭，淋咖喱汁，就那么用手抓将起来，一切从简，节省时间又环保，虽然原始，但有一天人类会回到这个方法进食，当一切都污染之后。

椰子叶又长又细，本来不是什么上乘的包装用品，但味道实在很香，马来人就想到把鱼和咖喱煮得稀烂，酿进叶中，再放在炭上烤。固定两端的是两根细竹签，拔出后打开椰叶，露出香喷喷的鱼饼。后来有人偷懒，以钉书钉钉两头，也环保，但一不小心吃进肚，插了个洞也不出奇。

包泰国甜品、包沙爹饭，椰子叶还有很多作用，近乎万能。

和椰子叶很相像的是亚答叶，那是一种只长叶不生干的棕榈科植物，故不高，方便采摘。叶子和叶子之间会长出透明的树子，用糖腌制了很好吃，又甜又韧，比嚼香口胶好得多。以亚答叶来包住屋顶，能挡阳光和防漏，样子又十分好看，我喜爱得从南洋大批运来，封住我家天台上的小屋屋顶，可惜技术不佳，经一次三号风球，已吹得稀巴烂。

天下最爱的绿色包装品，是一种棕榈树的枝干，枯干后一片片剥下，采用连着主干上那块最大的部分，切成长方形，就可以用来包食物。

新加坡还有一档老顽固的小贩，叫"肥仔荣"，位于加冷区的旧羽毛球场隔壁，那一家

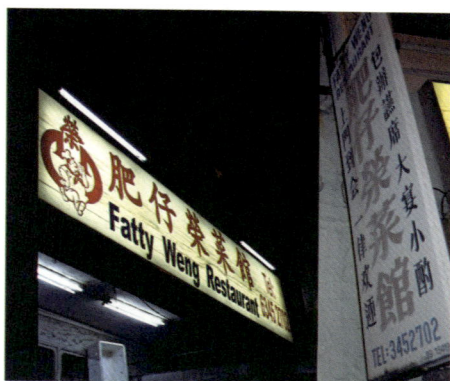

人以炒伊面著名，但于现场吃并非那么好，反而要吃打包的。

他们到现在还坚持用棕榈皮来包，再用咸水草扎。加了糖醋腌渍的青辣椒和大量猪油渣，热气还能把叶子的香味焖进面中，是天下美味。

趁未消失之前，快去吃吧，请酒店司机替你买回来，躲在房内欣赏。我没骗你，那是仙人食物，人生之中，不可不试。

绿色包装万岁。

香格里拉

　　回新加坡去拍摄无线的旅游节目，时间紧迫，三过家门而不入，下榻于香格里拉酒店。这家旅馆于一九七一年落成，不知不觉，已近三十年。老翼的房间还是非常有气派，单单是浴室已有一般旅馆房那么大，可放一张床。花洒处并非只容纳一人站立那么简单，更能让客人坐下，像日本浴室般洗涤之后，才浸入浴缸。房内设备齐全，几个电话，一架传真，书桌像酒吧那么宽长，是理想的撰稿处。新翼叫山谷翼（Valley Wing），上几次和金庸先生来住过，像高级公寓多过旅馆，楼下的大堂有糕点茶酒招呼客人。在一九九八年，香格里拉又花了九千五百万星币重新整理，大堂改成落地玻璃的

新加坡香格里拉·山谷翼（Valley Wing）

158

巨壁，加了许多设施，今年年底会建一个最大的健身院和又多一家高级餐厅。屋外花园占地惊人，可当植物园散步，其中小型的高尔夫球场是它的特色。现在世界各大城市都有香格里拉酒店，新加坡这间是旗舰，非弄得尽善尽美不可。日本料理"滩万"（Nadaman）似乎与香格里拉结下不了缘。每开一家旅馆，滩万必有分店，保持一贯的高级水准。略有小疵，经客人一指出，即刻改善，我最初到香港港岛上去的那家，并不满意，经理不但不生气，反而感谢我，说比吃了不出声不再来好得多，后来再次前往，改进得接近完美。新加坡这家在市中心的乌节区，但并不靠喧闹的大道，像藏于深山之中，所以从《失去的平原》那部小说

新加坡香格里拉·花园

新加坡香格里拉·滩万

中取了香格里拉这个名字。有小巴穿梭购物点，并非交通不便，周围咖啡座二十四小时营业，随时吃到有水准的海南鸡饭或炒粿条，另外有一个出品精致的甜品店。没有莱佛士酒店悠久，但三十年来，新加坡香格里拉也成为旅馆历史的经典了。

四季榴梿

世界经济萧条，新加坡也不例外，但对于吃，倒是很肯花钱。

在芽笼一带，开了很多家水果铺，专门卖榴梿。叫的士司机车你去，一定找到。

"什么？四月天，榴梿不当造，怎么有榴梿吃？"我已变成了门外汉。

马来西亚种的榴梿，和泰国不同，是等到果实成熟了掉下，不像泰国那种爬上树采的，从前每年只产两次，六月和十二月。

"知道有市场，马来西亚人砍下树胶树，大量种植。"卖榴梿的人说："变种又变种，接枝又接枝，生产出很多名堂的品牌。"

一排排的架子上，摆形状大小不同的榴梿，写：超级文冬苏丹榴梿、金凤、红虾、青竹子、太杭、葫芦、D2、D24 等等，名字多得数不清。

"给我一个最好的。"我要求。

"目前红虾最好。"小贩回答。

红虾就红虾。为什么叫红虾，我不知道。榴梿贩以纯熟的手势，一下子就用刀劈开一个，只见里面的肉和普通黄颜色不同，竟是带红的。很干身，抓也不黏手，送进口，啊，又香又甜，核小肉厚，绝对不是泰国榴梿能够接近的。不过一个要卖一百五十块港币。

"什么叫太杭呢？"我问。

"核子薄得像纸。"他回答："葫芦和名字一样，长得像个葫芦。"

"那么什么叫 XO，是不是极品的意思？"我的好奇心是无穷尽的。

"不是，"他说："有点白兰地味道。"

"那么多的榴梿，卖得完吗？"我问。马来西亚种，摆了一天就坏掉。

"我们当然按照客人的需求而进货。"小贩回答："到了晚上一定卖完。卖不完，只好拿去做蛋糕了。"

巴　刹

　　新加坡的菜市场，叫巴刹，是阿拉伯语 Bazaar 的音译，也有市集的意思，如果我们的饮食节目由新加坡电视台制作，就会叫《蔡澜逛巴刹》了。

　　最具代表性的应该是牛车水巴刹，那里是广东华侨的聚居地，会不惜工本地从香港或内地进口些冬天才肥大甜美的蔬菜，食材丰富，可惜它在装修，只有作罢。

　　当地旅游局建议去中峇鲁巴刹，新建好的，干净漂亮，我们反正要去拍那里出名的小食，也就顺道一游。

　　净是净，但就是少掉买菜的气氛，反而是二楼的熟食档较为热闹，在那叫了一大堆东西来吃，发觉除了水粿之外，其他的已经走了味，但是对于没有吃过的工作人员，已经是很好吃很丰富的午餐了。

　　还是小印度的竹脚巴刹有趣得多，虽然又脏又湿，但极具怀旧情调，至于食材，有没有从前吃惯的东西呢？

　　"现磨的咖喱酱档在哪里？"我问小贩们。

小印度竹脚中心

小贩回答："我知道你说些什么。用一块扁平的大石，上面有圆筒形的石磨，把各种不同咖喱磨出来的是不是?""对，对。"我大力点头。

"已经绝了种，买塑胶包的咖喱粉好了，要煮鸡、煮鱼、煮虾的都有。"众人都取笑我。

但也看到很多新奇的蔬菜，像整棵红得发紫的苋菜。一枝枝像棍子的东西，当地人叫为"鼓棍"，用来煮咖喱。香蕉花、姜花蕊、咖喱叶、叻沙叶等，都罕见。螃蟹来自斯里兰卡，有一只三点五公斤，合七市斤。

经过熟食档，看到有家人卖印度罗惹，那是把肉和蔬菜炸了，再淋上酱汁的小吃。我已经试遍所有印度罗惹摊档，想寻回从前在图书馆前或 REX 戏院后巷的味道，但全都失望。在印度人聚居的竹脚巴刹，再吃它一次吧！结果发现还是不行，这一道传统的饮食文化，已经死亡。

道　理

　　到新加坡的前几天，新闻上有一项报道，说我批评新加坡小吃不如吉隆坡，激起了公愤。

　　我的确讲过这些话，也在文章中发表过数次，说当今新加坡大排档，已经是有其形而无其味了。

　　这种话题最敏感，新加坡电台的名 DJ 安娜前来做访问，要我答复听众的反应。一开始我就说："人生的积蓄有二，一是钱财，一是实话，都要辛苦经营才能得到，后者的积蓄，在我这个年龄要是不花，就没时间用了。"

　　和我同辈的人，一定去过乌节路的停车场（Car Park），那里小贩的食物水准之高，试过的人无不赞好，当今何处觅？

　　从前，我们在 LEX 戏院后巷吃的印度罗惹，那种地道的浓浆的味道，已消失得无影无踪。义安公司附近的虾面汤，在当今林立的熟食中心，哪里有得喝？还有那档卖珍珠花菜猪杂的潮州档子呢？现在连猪红也禁止出售了，还能叫什么猪杂？

　　生活水准的提高，带来的城市节骤一定加快，一快了，就没那么多功夫去把小食做好，那是必然的现象，所以新加坡的不如吉隆坡，吉隆坡比不上槟城。我讲的只是实话，不听也罢。

人民还是要吃的，当小贩的人不少，档口一不做了就卖给别人，说教你三天，一定学会。这也说得没错，到底不是什么高科技。可是小食的美味，都是数十年的功力才能获得，但虚心学习，总能做到。

马来西亚的华人社会相当保守，保守了就一成不变，父亲教下的按部就班去做，美食便保留了下来。

我知道批评人家的食物，会伤害到人家民族尊严，但是爱护，就得痛击，不然的话，不出声，只道好，永远就没进步了。新加坡也有做得出色的档口，大排长龙，为什么？他们做的东西比别家标青呀。

道理，就是那么简单。